圣诞老人
奇遇记

〔美〕莱曼·弗兰克·鲍姆◎著

卓雅慧 李 墨◎译

中国出版集团　　现代出版社

图书在版编目（CIP）数据

圣诞老人奇遇记 /（美）莱曼·弗兰克·鲍姆著；
卓雅慧，李墨译 . -- 北京：现代出版社，2017.10

ISBN 978-7-5143-6550-4

Ⅰ. ①圣… Ⅱ. ①莱… ②卓… ③李… Ⅲ. ①童话—
美国—现代 Ⅳ. ① I712.88

中国版本图书馆 CIP 数据核字 (2017) 第 239584 号

圣诞老人奇遇记

作　　者：[美] 莱曼·弗兰克·鲍姆　著
译　　者：卓雅慧　李　墨
责任编辑：张　霆　王志标
出版发行：现代出版社
地　　址：北京市安定门外安华里 504 号
邮政编码：100011
电　　话：010-64267325　64245264（传真）
网　　址：www.1980xd.com
电子邮箱：xiandai@vip.sina.com
印　　刷：三河市宏盛印务有限公司

开　　本：890mm×1240mm　1/32　　印　　张：6
版　　次：2018 年 1 月第 1 版　　印　　次：2018 年 1 月第 1 次印刷
字　　数：91 千字　　书　　号：ISBN 978-7-5143-6550-4
定　　价：26.80 元

序言

作为项目负责人，其实我没怎么直接参与本书的翻译，主要做了后期的统稿工作。但写这个序，是因为有话想说。

有一年春节前，N件事情受挫，只得暂时搁置，打算回老家陪爹妈好好过年后再说。在译言古登堡计划的页面随意浏览，看到了这本《圣诞老人奇遇记》在招募负责人和译者。大名鼎鼎的作者、短小精悍的童话，一下子吸引了我的目光。想来都一把年纪了，还从未认真读过一则英文版的童话故事呢。于是，一向控制欲颇强的我，选择了报名应征负责人（悄悄地说，其实也有想偷懒的成分，嘿嘿）。后来的事实证明，我的选择是正确的，果然让我偷懒

成功了！因为，我很幸运，遇上了两位认真细致又高水平的译者。

就这样，我轻轻松松地过了年，在网上看关于"星星"和都教授的各种热闹。而两位美女译者，在春节假期里想得最多的，一定不是英俊帅气的都教授，而是白胡子的圣诞老人。（呵呵，两位译者真是不容易啊！）

过完年，交稿了。两位译者的文字让我惊喜不断，我能做的只剩下修改输入错误和调整语序标点等等了。大家在讨论某一个用词时，反复推敲、再三斟酌，也让我非常感动。讨论无果后，于是我想到了去征求小朋友的意见。童话嘛，当然要用孩子们喜欢的语言。然而，要在英文词句原意和中文童话语言之间拿捏、平衡，绝非易事。虽然最终的结果不可能让所有读者满意，但我们付出了最大的努力，也收获良多。

虽然大家是在利用业余时间做这件事情，而且可以预见经济效益肯定算不上很高，但是，我们投入的，却绝对不是业余的态度和热情。我敢说，两位译者的认真程度，甚至超过了某些职业人士。

很感谢有古登堡计划这样一个平台，在如今这个人们读书的时间越来越少的年代，让我们这些对图书和文字依然执着的人能够有缘结识，一起尽心尽力地做我们喜欢做的事。

希望我和两位译者以后还有机会继续合作！希望这本书能够带给孩子们快乐！

李浚帆

目录

第二部分　成年时期

第三部分　老年时期

目录

第一部分
青年时期

波 兹

你听说过波兹大森林吗？我在孩提时代就曾听奶妈歌颂过它。她歌颂参天大树紧挨在一起，地下盘根错节，地上枝杈纵横；她歌颂树皮斑驳粗糙，枝丫造型奇特；她歌颂枝繁叶茂，仿佛给整片森林支起了屋顶，只有几缕阳光好不容易钻过，在地上洒下点点光斑，又在苔藓、地衣和随风而逝的枯叶上投下奇妙的光影。

对于那些藏在树荫下繁衍生息的万物来说，波兹森林雄伟宏大、令人敬畏。从阳光普照的草地慢慢走进这座迷宫，人们起初会感到压抑沮丧，渐渐地便会愉悦起来，最终心中充满了无尽的欢乐。

千百年来，波兹森林蓬勃成长，气势恢宏，周边环境异常安静，只能听见野兽时而咆哮，小鸟不停歌唱，忙碌的金花鼠发出唧唧吱吱的声响。

尽管如此，波兹森林还是有常住居民的。大自然在一开始就让小精灵、兽神克努克、花仙和森林仙女们住了进来。只要森林存在一天，可爱的众神就能在这绿荫深处逍遥一日。这里既是他们的家，也是避难所，还像游乐场，完全不受外界打扰。

文明还未染指波兹。我在想：事情会一直这样下去，直至永远吗？

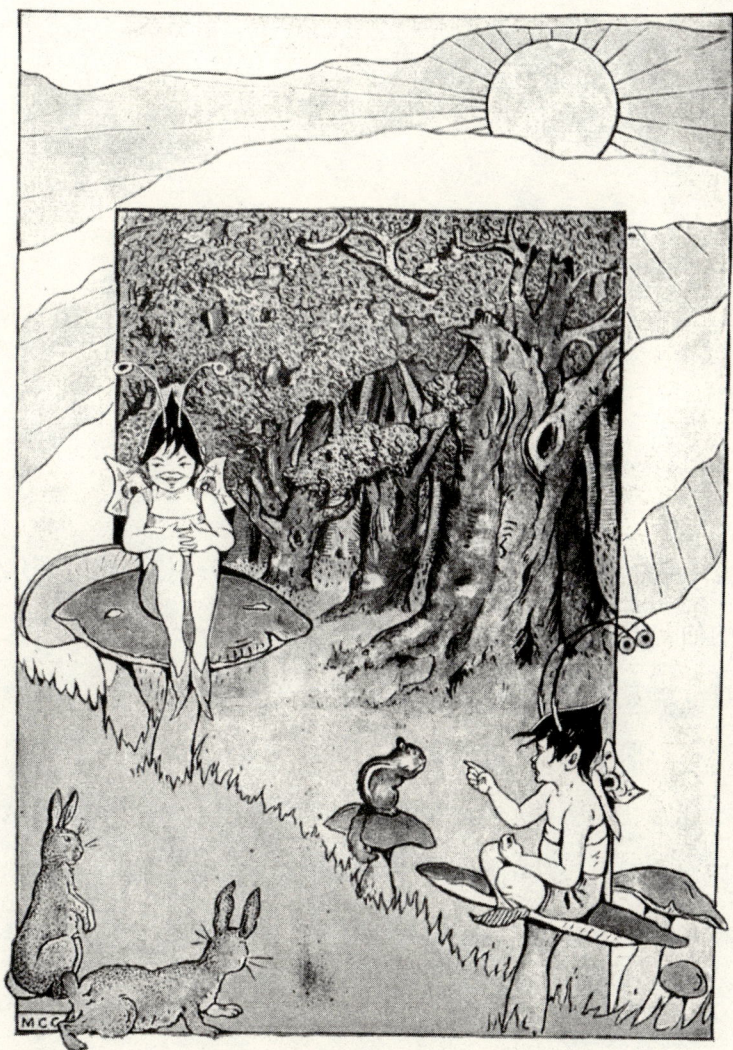

波兹大森林

森林之子

很久很久以前，在波兹大森林里住着一位名叫妮赛尔的仙女①，这件事甚至连我们爷爷的爷爷那一辈人都没听说过。妮赛尔和法力高强的泽琳女王关系很好，她的家就坐落在一棵枝繁叶茂的橡树下。每到一年一度的新芽日，树木开始吐出新芽。这时，妮赛尔向女王呈上树圣阿克的金杯，女王为森林的繁盛而举杯畅饮。所以，你瞧，妮赛尔在森林仙女中是一个重要角色。此外，据说妮赛尔娇美、

---

① 这本书里的"仙女"都是指"森林仙女"，专门保护森林树木的仙女。——译注

优雅，因此备受青睐。

妮赛尔是在什么时候来到这世上的呢？她自己说不清，泽琳女王说不清，就连树圣阿克也说不清。我们只知道那是在很久很久以前，新世界刚刚建立，需要仙女去看护森林、照顾树苗。于是，在人们不曾记起的某一天，妮赛尔降临在这个世界上。她神采奕奕、甜美可爱，身形就像她要去守护的树苗一样修长匀称。

妮赛尔那一头秀发呈栗棕色，双眸向阳时为蓝色，背阴时呈紫色；她的面颊白里透红，好似晚霞粉色的镶边；两片朱唇微微噘起，好看极了。她身穿一袭橡叶绿衣，所有的森林仙女都穿这种颜色，因为她们知道没有比这更好看的了。她那娇小的脚丫蹬着一双浅口鞋，头上除了如丝般的秀发，没有任何装饰。

妮赛尔的职责不多，而且十分简单。她不让自己看护的树木下方长出有害的杂草，免得它们抢走沃土中的养分；她还要赶走一种名叫盖格尔的、以作恶为乐的坏家伙，它们常常撞向树干，使树木受伤后渐渐枯萎，最终中毒而死；在旱季，她从小溪和水塘打来清水滋润树根，以解树苗之渴。

刚开始的生活就是这样。如今，杂草渐渐知趣地离开森林仙女们居住的森林；讨厌的盖格尔也不敢再靠近小树一步；树苗渐渐成长，变得粗壮结实了，比吐出新芽时更耐旱。这么一来，妮赛尔要做的事情就减少了，时间也变得宽裕了，往后的日子无事可做，十分无聊，这个欢乐的小仙女可不喜欢这样的日子。

其实，森林里的这群生灵并不缺少消遣。每当满月之时，他们会在女王的皇家圆形大厅里翩翩起舞；还有诸如坚果节、秋色节、落叶典礼、新芽日盛宴为大家带来欢乐。不过，这些节庆之间隔得时间太久，当中便留下了太多乏味的时光。

妮赛尔的姐妹们可不会迸出"仙女可以心怀不满"的想法。妮赛尔也是冥思苦想了多年之后才明白这一点的。但是，百无聊赖的念头一旦在心里生根发芽，她就再也不能忍受现状，渴望用森林仙女们迄今为止做梦都想不到的方式去做一些自己真正感兴趣的事情，而不是虚度光阴。可单单是森林律法便能限制她迈出探险的脚步。

这想法让漂亮的妮赛尔烦恼不已，而树圣阿克恰巧在此时造访波兹森林，让森林仙女们按照惯例围坐在他的脚边，聆听他说出的智慧箴言。阿克掌管着世间的森林，他不仅能看到一切事物，而且比人类懂得更多。

他像父亲爱护孩子般爱护着仙女们。那天夜晚，他握着女王的手，妮赛尔和众多姐妹一同依偎在他的脚边，认真地倾听着。

"可爱的姑娘们，我们在森林深处过着如此幸福的生活，"阿克说着，若有所思地捋了捋灰白的胡子，"居住在外的贫苦人类命中注定要经受苦痛，我们却对此一无所知。诚然，他们和我们分属两个物种，但是，这些和我们同样受到宠爱的生命也应受到怜悯。我经常路过某个可怜人的住所，每次都忍不住停下脚步，为他驱走不幸。然而，稍微受点苦难是人类必然的命运，我们无权干涉自然法则的实施。"

"尽管如此，"美丽的女王对树圣点了点头，说，"有一点大家猜得没错儿：树圣阿克常常帮助那些不幸的家伙。"

阿克笑了笑。

"有几次，"他回应道，"我曾停下脚步，将非常年轻的人类——就是叫作'孩子'的那些人——从苦难中解救出来。我不敢干涉成年男女的生活，他们必须承担造物主分

配给他们的责任。但是无依无靠的孤儿、天真无邪的儿童在长大成人、能够承受人类面临的考验以前，都应当快乐地生活着。因此，我觉得自己理应帮助他们。不久前——大概是一年前吧——我发现四个可怜的孩子在一座小木屋里挤成一团，快要被冻死了。他们的父母去邻村寻找食物，只留下一团炉火供孩子们取暖。然而，一场暴风雪突然降临，积雪覆盖住道路，所以父母花了很长时间才赶回家。这期间，炉火熄灭了，孩子们正等着爸爸妈妈回家呢，可刺骨的严寒慢慢钻进了他们的身体里。"

"可怜的小家伙！"女王轻声低语道，"那你当时是怎么做的？"

"我命令尼克从森林里拿一些柴火填进炉子里，对着它吹气，炉火再次燃起，这才让孩子们待着的小屋变得暖和起来。之后，他们不再冻得瑟瑟发抖，一直睡到他们的父母回来。"

"你这么做我真高兴。"善良的女王微笑着对树圣说道。而在一旁认真听着每句话的妮赛尔也低声附和道："我也很高兴！"

"就在今晚，"阿克继续说道，"我来到波兹森林边时，听到了微弱的哭声，我听出那是一个人类婴儿发出来的。我环顾四周，发现就在森林附近，一个无助的婴儿光溜溜地躺在草地上，哭得好可怜。不远处母狮子史格拉蹲在树丛后，正准备吞下这个婴儿当晚餐。"

"那你是怎么做的，阿克？"女王屏息问道。

"我急着来看我的小仙女们，所以没做什么。但是我命令史格拉躺在那婴儿的身旁，给他喂奶，别让他饿着。我还让她转告森林里所有的飞禽走兽，不准伤害这孩子。"

"你这么做真令我高兴。"善良的女王松了一口气，再次感慨道。但这回，妮赛尔没有随声附和，这个小仙女早就匆匆溜走了，因为她做出了一个不寻常的决定。

不一会儿，她那轻盈的身体穿过林间小路，到达了波兹大森林的边缘。她停下脚步，好奇地注视着身边的一切。她从未冒险到过这么远的地方，因为森林律法规定，仙女们只能待在森林的最深处。

妮赛尔知道自己触犯了律法。虽然她心里这么想，但小巧的双脚却不住地向前走。她已经决定亲眼去看看树圣所说的这个婴儿，毕竟，她还从来没有见过人类的孩子。所有的神灵都已成年，他们中间就没有"小孩子"这一说。

妮赛尔透过树木之间的空隙向外张望，发现那孩子就躺在草地上。他吃了史格拉喂的奶之后好不惬意，现在睡得正香。他太小了，还不知道什么是危险；只要不觉得饿，他就心满意足了。

妮赛尔轻轻地来到婴儿身边，跪在草地上，玫瑰色的长袍如云朵般铺在身边。她美丽的脸庞露出好奇而惊喜的表情，但更多地夹杂着女性特有的温柔。这个新生的婴儿胖乎乎、粉嫩嫩的，却无依无靠。就在妮赛尔注视着婴儿的某个瞬间，这小家伙睁开双眼冲她笑起来，并伸出了两只圆滚滚、肉嘟嘟的小胳膊。妮赛尔当即把婴儿抱入怀中，带着他急急忙忙地穿过林间小路。

妮赛尔发现婴儿

收　养

　　树圣突然紧锁眉头，站起身来。"森林里有奇怪的东西。"他宣布道。女王和众仙女回头一看，发现妮赛尔就站在他们面前，怀里紧紧抱着熟睡的婴儿，深蓝色的眼睛里透着无畏的光。

　　仙女们震惊不已，大家就这样一动不动地定在原地。然而，树圣目不转睛地盯着这个违反森林律法的美丽仙女，紧锁的眉头渐渐舒展开。紧接着，树圣阿克将手轻轻放在妮赛尔那松垂的秀发上，亲了亲她那白皙的额头。这一举动让大家大吃一惊。

　　"据我所知，"他温柔地说，"这还是第一次有仙女公然违抗我和我的律法，但我心里并没有要责备你的意思。妮赛尔，你想做什么？"

"让我抚养这个孩子！"她回答道，浑身颤抖地跪了下来，恳请树圣同意。

"就在这里？在波兹大森林，这个人类从未涉足过的地方？"阿克问道。

"就在这里，就在波兹大森林里。"妮赛尔勇敢地回答道，"这里是我的家，我已厌倦了无所事事的生活。让我照料这个婴儿吧！您看，他是多么的虚弱、无助。我敢肯定，他不会伤害波兹森林和树圣的！"

"但是律法呢，孩子，律法呢！"阿克严厉地责问道。

"律法是树圣您制定的，"妮赛尔反驳道，"如果您让我照顾您自己从死神手里救下来的孩子，那么这个世界上还有谁敢反对呢？"泽琳女王专心听完这番对话后，高兴地为妮赛尔的回答鼓掌。

"哦，阿克，这下您没辙了吧！"她笑着惊呼道，"现在，我恳求您考虑一下妮赛尔的请求。"

树圣和往常陷入沉思时一样，慢慢捋了捋灰白的胡子，然后说道：

妮赛尔请求树圣同意她抚养婴儿

　　"她可以抚养这个孩子，我也会尽力保护他。但是我要警告你们，这是我第一次也是最后一次放宽律法上的要求。今后不许神灵再收养人类。否则，我们将失去现在这种快乐的日子，过得烦恼忧虑。晚安，我的仙女们！"

　　阿克说着就消失了，而妮赛尔赶紧回到自己的住处，为自己发现了新的宝藏而欢欣不已。

克劳斯

第二天，妮赛尔的住处成了整个森林最热闹的地方。仙女们围在妮赛尔身边，好奇又兴奋地看着婴儿躺在妮赛尔膝盖上睡觉。对于伟大的阿克好心同意妮赛尔抚养、照料婴儿的事，她们不乏溢美之词。就连女王也前来看望这天真稚气的脸庞，并用她白皙的手握住婴儿那软绵绵、肉乎乎的小拳头。

"给他起个什么名字好呢，妮赛尔？"女王笑着问道，"你知道，他得有个名字呀。"

"不如叫克劳斯（Claus）好了，"妮赛尔回答说，"就是'小家伙'的意思。"

"还是叫他尼克劳斯（Neclaus）^①吧，"女王说道，"这样就是指'妮赛尔的小家伙'了。"

仙女们高兴地拍起手来。于是，尼克劳斯就成了这孩子的名字，不过妮赛尔还是喜欢叫他克劳斯。几天后，其他仙女也都跟着她这么叫了。

妮赛尔将克劳斯的床安放在自己的住处，铺上她从森林采来的最柔软的苔藓，让克劳斯躺在上面。克劳斯这孩子从不缺吃少喝。仙女们寻遍整个森林，从果阿树的果实里获取香甜的浓汁。其他富有同情心的雌兽也自愿为这个新生儿分享自己的奶水，母狮史格拉就经常偷偷地爬到妮赛尔的住处，一边躺在孩子身边喂奶，一边发出咕噜咕噜的声音。

小家伙就这样一天天地成长，越来越健壮，妮赛尔还教会他说话、走路和玩耍。

仙女们纯洁友爱，没有一丝邪念，所以克劳斯也有一副好心肠，言谈又很讨人喜欢，成了森林的宠儿。由于阿

---

① 有些人将这个名字拼写为尼可劳斯（Nicklaus）或尼古拉斯（Nicolas），因此在某些地方，圣诞老人被称作圣·尼古拉斯。但实际上，尼克劳斯才是他的真名，克劳斯是养母妮赛尔仙女对他的昵称。

克下令任何飞禽走兽都不准骚扰这孩子，所以，无论他想去哪里，他都能走得无所畏惧。

不久之后，波兹森林里的仙女收养人类的孩子并得到树圣阿克许可的消息，传到了其他神灵的耳朵里。因此，众神纷纷前来探望，饶有兴趣地看着这个新生儿。

最先来的是花仙，尽管她们和森林仙女长得很不一样，但她们可是和森林仙女关系最近的表亲。花仙的职责是照料花花草草，就像森林仙女呵护森林树木那样。她们在广阔的世界中为开花植物寻找食物，为其根部提供养分；她们还在土壤中放了染料，当花儿成熟之时，细小的纹路会吸收这些染料，花朵就会绽放出绚丽的色彩。花仙是大忙人，因为花开花谢频繁更迭，但是她们轻松快活，无忧无虑，很受其他神灵的欢迎。

紧随其后，兽神克努克们也来了，他们负责看管世界上所有的野兽——驯良的也好，凶猛的也罢，都归他们管。由于许多野兽不服管教，不肯受到约束，兽神克努克们曾经历过一段艰难时期。但是，他们到底是知道如何控制野兽的，因此，即使是最凶猛的野兽也会遵守兽神克努克们定下的规矩。兽神克努克们满心忧虑，因此看起来都疲倦衰老、面容憔悴，由于长期和野兽打交道，他们的天性中也带有一丝粗野。不过一般来说，他们是对人类和世界最有帮助的神，因为除去树圣制定的律法，就只有他们的规矩也被林中百兽所认可。

然后，守护人类的小精灵来了，他们对克劳斯被收养的事情颇感兴趣，律法严禁他们和自己所守护的人类有过于密切的关系。有记载指出，小精灵曾在人类面前现出真身，甚至与人类交谈；但是他们本应悄无声息地守护人类。精灵们都公正无私，即便他们更为偏爱某些人类，那也是这些人公平赢来的。不过，他们从未有过收养人类孩子的想法，因为无论怎么看，这都有违律法，因此，愈加强烈的好奇心促使他们想要看到妮赛尔收养的新生儿。

面带微笑的克劳斯抬头看着众神聚集在他周围，眼神中不带一丝畏惧。他一会儿骑在花仙的肩膀上哈哈大笑，一会儿淘气地拽住兽神克努克灰白的胡子，一会儿又把长满鬈发的小脑袋安心地靠在精灵女王的怀中。花仙喜欢他的笑声，兽神克努克喜欢他的勇敢，精灵喜欢他的无邪。

这个男孩成了所有神灵的好朋友，对他们的律法了如指掌。他不曾踩踏森林中的任何花朵，不然友好的花仙

会伤心的。他从不去打扰森林中的野兽，否则朋友兽神克努克会生气的。他深深喜爱着精灵们，但他对人类一无所知，所以无法理解自己为何是唯——个获准与神灵做朋友的人类。

事实上，克劳斯渐渐意识到，在森林的万物中，只有他没有同类或同伴。对他来说，森林就是全世界。他压根儿不知道这世上还有千百万的人类在辛苦工作、努力奋斗。

所以他是那样的幸福、满足。

树　圣

波兹森林中时光飞逝，不过森林仙女们也没有必要去关心时间的问题。几百年的光阴都未曾让这些娇美的生灵有所改变，她们一如往昔，青春永驻。

然而，克劳斯身为凡人，却在一天天地长大。没过多久，妮赛尔就发现克劳斯长得太大了，已经没法儿再躺在自己的膝盖上了，而且除了果阿树的果实浓汁，他还想吃别的东西，这都让她感到不安。克劳斯能迈着结实的双腿走到波兹森林深处，在那里采集坚果、浆果以及香甜可口、有益健康的树根，这些食物比果汁更合他的胃口。他不再频繁回到妮赛尔的住处，最终，他只有在睡觉的时候才会回去。

克劳斯一天天长大

　　妮赛尔深深爱着克劳斯，虽然还没有清楚地意识到自己的这份责任已经发生了变化，但她还是不知不觉地改变了生活方式，以迎合克劳斯的古怪念头。和其他仙女一样，她随时准备跟着克劳斯穿过林间小路，边走边为他解释参天大树的奥秘，告诉他那些住在树荫下的生物的习惯与天性。

　　克劳斯能听懂兽语，但他却不明白它们为什么脾气那么差。百兽之中只有松鼠、老鼠和兔子看上去天性活泼、开朗。不过，克劳斯还是会在豹子咆哮时哈哈大笑，在狗熊张开血盆大口时轻抚它那光滑的皮毛。他知道这些如雷的咆哮并不是冲着自己来的，所以，又有什么好害怕的呢？

　　克劳斯会唱蜜蜂的歌，会咏有关花草的诗，还会讲波兹森林里每只眨着大眼睛的猫头鹰的故事。他帮助花仙养护植物，帮助兽神克努克维持动物之间的秩序。众神都觉得克劳斯得到了特殊的待遇，更何况泽琳女王和仙女们是那样地爱护他，阿克是那样地喜欢他。

　　有一天，树圣阿克回到波兹森林。他刚刚挨个儿走访了世界各地的森林，这些森林又多又大。

克劳斯帮助花仙养护植物

他踏上泽琳女王和仙女们欢迎他的那片林间空地，才想起自己特许妮赛尔收养的那个小孩。紧接着，他发现有一个肩膀宽阔、身体健壮的年轻人毫不拘束地坐在可爱的仙女中间，要是站起来的话，个头能到他的肩膀。

阿克一声不吭地停下脚步，眉头紧锁、眼神凌厉地盯着克劳斯。克劳斯清澈的双眼坚定地望向树圣，树圣透过那双眼睛读出了他内心的平静、勇敢和天真，便松了一口气，在美丽的女王身边落座。金杯斟满稀世美酒，众神挨个儿从里头小酌一口，唯独树圣异常沉默。他若有所思地把自己的胡子捋了又捋。

第二天清晨，树圣把克劳斯叫到一旁，温柔地对他说："暂时向妮赛尔和她的姐妹们道别吧，你得陪我游历世界各地。"

一听有这种探险的机会，克劳斯可高兴坏了，他很清楚陪伴在树圣左右是何等的荣幸。但是妮赛尔得知此事后，生平第一次落了泪，她紧紧搂住克劳斯的脖子，依依不舍。尽管妮赛尔已将这个孩子养育成人，但她还是和当初怀抱婴儿、直面树圣的时候一样优雅美丽，光彩照人，她对这孩子的爱也有增无减。阿克看到二人紧紧抱在一起，如同姐弟一般，再一次陷入了沉思。

克劳斯发现了人类

树圣把克劳斯带到森林中的一小片空地上，说："把你的手放在我的腰带上，我们在空中飞翔时一定要抓紧它，现在，我们要环球旅行，去看看你的同胞——人类——栖息的地方。"

这番话让克劳斯大吃一惊，因为到目前为止，他一直认为自己是地球上唯一一个人。虽然惊讶得说不出话来，但他还是牢牢地抓住阿克的腰带。

不一会儿，广阔的波兹森林仿佛从他们脚下渐渐消失，克劳斯发现自己在高高的空中急速翱翔。

克劳斯抓住阿克的腰带

又过了一会儿，他们的脚下出现尖尖的塔顶，向下望去的话，能看到形状各异、色彩缤纷的建筑物。这便是人类居住的城市，阿克降落在地面上，领着克劳斯走进城里。他说："就算你能清楚地看到你自己，但只要抓住我的腰带，其他人就看不到你。你若松开手，就会和我、和在波兹的家永远分离。"

波兹森林的第一条律法就是服从，克劳斯也不想违背树圣的心愿。他紧紧抓着树圣的腰带，保持隐身的状态。

之后，他们便开始走访城市。随着时间的推移，克劳斯的惊讶也不断增加。他原以为自己生来就与别人有所不同，如今，却发现地球上住满了和他一样的生命。

"实际上，"阿克说，"神灵在世上只占少数，而人类占了大多数。"

克劳斯真诚地看着自己的同类。他们或满脸愁容、轻率鲁莽，或兴高采烈、殷切渴望，或和蔼可亲、温柔善良，所有表情胡乱混杂在一起，令人不解。有些人做着乏味的苦工；有些人大摇大摆地走着，趾高气扬；有些人神情严肃、心事重重；还有些人看起来快乐、满足。这就是人类，遍布各地，性格各异。克劳斯发现有些事让他开心不已，有些事则让他颇为难过。

他对孩子们格外注意——由起初的好奇转为热切，又从热切转为喜爱。有些小家伙衣衫褴褛，在街道的尘土中打滚，能玩的不过是废品和小石子儿。有些孩子衣着华丽，靠在垫子上，吃着甜甜的蜜饯。然而在克劳斯看来，玩沙土的孩子反倒比家境富裕的孩子快乐。

"童年是人类一生中最开心的时光，"阿克顺着克劳斯的思绪说道，"在这几年天真快乐的日子里，孩子们是最无忧无虑的。"

"那您说说看，"克劳斯问道，"为什么这些孩子的遭遇各不相同？"

"因为有的孩子出生在村舍，有的则出生在豪宅，"树圣回答道，"父母在财富上的差异决定了孩子的命运各不相同。有的孩子得到精心照料，锦衣玉食；有的却不受重视，破衣烂衫。"

"但他们看起来同样纯净美好、讨人喜欢。"克劳斯若有所思地说。

"在孩提时代——的确如此。"阿克赞成道，"他们的快乐源自生活本身，他们不会停下来胡思乱想。等到长大成

人之后，命运突然降临，他们发现自己必须努力奋斗、充满烦忧，才能获得他们所珍视的财富。在养育你的波兹森林里，我们听都没有听说过这种事。"克劳斯沉默了一会儿，问道："为什么我在森林里长大，身边都是不同的物种？"

阿克用温和的口吻告诉克劳斯他婴儿时期的故事：他是如何被遗弃在森林边缘、差点沦为野兽的猎物，可爱的妮赛尔仙女又是如何救下他并在众神的保护下将他抚养成人的。

"但我仍然不是众神的一员？"克劳斯说着陷入了沉思。

"你本来就不是。"树圣回答道，"妮赛尔仙女曾像母亲一般照料你，可如今她就像你的姐姐。不久以后，你变老了，满头白发的时候，她看起来就会像你的女儿。用不了多久，你就会成为一段回忆，而妮赛尔还是妮赛尔。"

"既然人类必将死亡，那为何还要出生呢？"男孩询问道。

"除了世界本身及其守护者，任何事物都会消亡。"阿克回答道，"但只要生命延续，任何事物都会物尽其用。智者想方设法对世界发挥作用，因为有用的人一定能够重获新生。"

克劳斯并不能完全理解这番话，但是他渴望自己成为对同类有用的人，在接下来的旅行中，他始终神情严肃、心事重重。

他们造访了人类在世界上的多处住所，看到农民在田间辛苦劳作，战士在疆场冲锋陷阵，商人用商品换来少量的金银财宝。每到一处，克劳斯便用怜爱的目光搜寻孩子们的身影，因为他的脑海中总会强烈地浮现出童年时无依无靠的情景，他渴望向那些天真的孩子伸出援手，就像善良的妮赛尔当年救了他一样。

日复一日，树圣和克劳斯走遍世界的每个角落，克劳斯紧紧抓住阿克的腰带，但树圣很少和他说话，只是引导这个年轻人前往所有能让他熟悉人类生活的地方。

最后，他们回到了古老的波兹大森林，树圣把克劳斯放下后，仙女们围了过来，美丽的妮赛尔就在其中，她正焦急地等待着克劳斯回来。

这时，阿克的神情很是冷静、平和，但是克劳斯却皱起眉头，陷入了深思。一直以来，这个仙女的养子都是开开心心、面带微笑的，现在却有了这样的转变，妮赛尔不禁叹气。她明白：和树圣经历过这次重大的旅行，克劳斯往后的日子不会再和以前一样了。

克劳斯离开大森林

英明的泽琳女王最先端起金杯，用樱桃红唇轻碰一下，接着，围坐成一圈的仙女挨个儿碰了碰金杯，以庆祝旅行者归来。这时，一直没有开口说话的树圣坦率地盯着克劳斯，问："怎么样？"

男孩明白他的用意，便从妮赛尔身边慢慢站起来。他用双眼扫视仙女们那熟悉的脸庞，在他的记忆中，每一位仙女都是自己亲密的伙伴；然而，止不住的眼泪模糊了他的视线，于是他只能目光坚定地注视着树圣。

"一直以来，我都很无知，"他坦白地说，"是仁慈的树圣阿克教导我发现自己到底是谁。惬意地生活在树荫下的你们，永远年轻貌美、天真无邪，所以并不适合做人类之子的伙伴。我已经见过人类，知道他们在地球上生存的时间注定稍纵即逝，他们注定要辛勤劳作才能获得自己需要的东西，他们注定要步入老年，最终像秋天的落叶般凋零飘散。不过，每个人都有自己的使命，他们离开世间的时候，都应该通过某种方式，让世界比他们出生之时更美好。我是人类的一员，人类的命运就是我的命运。当我还是个惨遭遗弃的可怜婴儿时，你们就对我倍加呵护，而在我的童年中，你们又和我结下了忠诚的友谊。凭这两点，我的心里就永远充满感激。我的养母，"说到这儿，他停顿了一下，亲了亲妮赛尔白皙的额头，"只要我还活着，我就会热爱、珍视生命。但我必须离开你，投身于人类注定要经历的无止境的奋斗中，以自己的方式生活。"

"那你要做什么呢？"女王严肃地问道。

"我要为关怀人类的孩子奉上一己之力，努力让他们生活幸福。"他回答道，"既然你们无微不至地照料我，让我获得了幸福和力量，那么我理应用余生为其他婴儿带去快乐。这样，多年以后，亲爱的妮赛尔仙女留给我的回忆将深植于成千上万人类的心中，只要世界存在，她的善行就

会通过歌谣、故事广为流传。我说得对吗，树圣？"

"你说得很对，"阿克回答着，站起来继续说道，"不过你必须记住一件事。由于你被收养为森林之子，是仙女的玩伴，所以你与众不同，永远和一般人类有所差别。也就是说，即使你进入人类的世界，你还会受到森林的保护，你现在享有的力量也不会消失，这会助你一臂之力。如果有任何需要，你可以呼唤仙女、花仙、兽神克努克和小精灵，他们很乐意为你效劳。我是以树圣之名说这番话的，我的话便是律法！"

克劳斯感激地望着阿克。

"这样，我便拥有强大的力量，"他回答道，"有了这些好朋友的保护，我也许会让成千上万个孩子变得幸福。我会尽力完成自己的职责，我知道森林里的朋友们会支持我、帮助我。"

"我们会的！"精灵女王诚挚地说道。

"我们会的！"高兴的花仙笑着喊道。

"我们会的！"丑丑的兽神克努克嚷道，一脸苦相。

"我们也会的！"可爱的仙女们自豪地宣布，但妮赛尔却一言不发。她只是将克劳斯揽入怀中，温柔地亲吻他。

"世界这么大，"男孩再次转身对忠诚的朋友们继续说道，"人类无处不在。我会选择在离朋友们近的地方开始工作，这样，即使我遭遇不幸，还能回到森林里征求意见，寻求帮助。"

说完这句话，他又依依不舍地看了大家一眼，然后转身离去。没有必要说再见，因为对他来说，自由而惬意的森林生活结束了。他勇敢地向前走去，去迎接自己的命运——人类必须面对的命运——不得不忧虑和劳作。

阿克了解克劳斯的决心，他非常仁慈，指引着克劳斯的脚步。

克劳斯横穿波兹大森林，来到最东边时，发现了哈哈山的欢笑谷。山谷两侧青山起伏，一条小溪从中蜿蜒流淌，绕着山谷流向远方。克劳斯身后是幽暗的森林，而山谷的尽头是广袤的平原。这个年轻人的双眼一直充满着严肃和忧思，可如今，当他安静地站在那儿、望向欢笑谷时，那双眼睛变得明亮起来。刹那间，他的双眼如同寂静夜空中的星星般闪耀，渐渐露出喜色，越睁越大。

风铃花和雏菊在克劳斯脚边亲切地微笑；微风欢快地拂过他身旁，吹起他额头上的发丝；小溪一边开心地笑着，一

边在鹅卵石间跳来跳去，沿着蜿蜒翠绿的河岸向前奔涌；蜜蜂唱着悦耳的歌，从蒲公英上飞到水仙花上；甲虫在长长的草丛中高兴地鸣叫，和煦的阳光照耀着这一切美好的景象。

"就是这儿了！"克劳斯张开双臂，好像要将山谷拥入怀中。"我要在这儿建造我的家！"

那是许多年以前的事儿了。从那之后，他就把家安在那里，直到现在他还住在那儿呢。

第二部分

成年时期

欢笑谷

　　克劳斯到欢笑谷的时候，空空荡荡的山谷里除了青草、小溪、野花、蜜蜂和蝴蝶之外，别无他物。要是他想在这儿安家落户，像人类一样生活，就得有一栋房子。一开始，他有点不知所措，但是当他笑着沐浴在阳光底下的时候，突然发现树圣的老仆人尼克就站在身边。尼克带了柄斧头，那斧头又宽又结实，刀口泛着银光，锃亮锃亮的。尼克把斧头递到克劳斯手里，什么都没有说就消失不见了。

　　克劳斯明白了尼克的意思，他转身走到森林边上，选了几根倒下的树干，着手清理上面枯萎的树枝。他可不会砍倒还活着的树木。他曾和守护森林的仙女们一起生活，

所以知道树木也被造物主赋予了感情，因而相当神圣。不过，用枯萎倒下的大树就不一样了。这些树本是森林中活生生的一员，如今它们命数已尽，留下的木材正好能为人类所用。

克劳斯每砍一下，斧头都深深地扎进木头里。这把斧头好像自己有股力量似的，克劳斯只要朝着正确的方向挥动就行了。

黑影渐渐笼罩山谷，夜晚降临了，克劳斯已经砍了好多根长短一致、形状合适的木头，要盖一栋他所见过的穷人家的房子绰绰有余。克劳斯决定等上一天再把木头搭在一起。他知道怎么找甘甜的树根，于是找来吃了一点，然后又在欢笑谷的溪水中畅饮了一番。为了不压着花儿，他找了块没长花儿的草地，然后就躺在上面睡着了。

奇妙的欢笑谷中满是芬芳，克劳斯在睡梦中呼吸着这气息，幸福与喜悦涌上心头，驱走了所有的恐惧、担忧与疑虑。他再也不会满脸焦虑，生活的历练也不再会如重担一般压在他身上。欢笑谷接纳他成了自己的一员。

要是我们都能住在那么迷人的地方就好了！——不过这么一来，那里可能就会太挤了。很久以来，这地方都在等待一位居民。克劳斯在这片快乐的山谷中安家难道只是偶然？我们又是否可以猜测，他离开波兹森林在外徘徊，想在这个偌大的世界中寻找一个安身之所的时候，那些长生不老、周到体贴的神仙朋友指引了他的脚步？

月亮从山顶上露了出来，柔和的月光洒在熟睡的克劳斯身上，就是在这个时候，欢笑谷里挤满了模样古怪、亲切友善的兽神克努克。这些家伙一言不发，娴熟轻快地干起活儿来。克劳斯用那把亮闪闪的斧头砍好的木材都被兽神克努克搬到了小溪边，一根挨一根搭了起来。一个晚上的工夫，一栋既结实又宽敞的住所就造好了。

黎明时分，鸟儿纷纷飞到山谷来，它们的歌声吵醒了克劳斯这个外乡人。在幽深的森林里，很少能听到这样的歌声。他揉了揉惺忪的睡眼四下张望，视线落在了那栋屋子上。

"这一定要谢谢兽神克努克。"他满怀感激地说道，然后走了进去。他的面前是一间大大的屋子，屋子中间有一张桌子和一张长凳，墙边有一只壁炉，壁炉旁边有一个碗柜。屋子的另一头还有一扇门。克劳斯走了过去，发现里面有一间小屋子，靠墙的地方放着一张床，床上铺了好几

层从森林里弄来的晾干的苔藓。屋子里还有一个小小的架子，边上摆着一张凳子。

"这地方真好！"克劳斯笑着大声说，"我得再谢谢好心的兽神克努克，他们太了解我需要什么了，而且他们替我做了那么多事。"

他走出新家的时候很是开心，因为他觉得虽然自己放弃了林间的生活，但在这世界上并不孤单。友情不会轻易改变，神灵也无处不在。

克劳斯来到小溪边，喝了点儿清澈的溪水。水里的朵朵涟漪一会儿你推我挤，纷纷撞上岩石；一会儿又你追我赶，看谁先冲到转弯的地方。克劳斯坐在岸边看着它们嬉戏雀跃，高兴地笑了起来。溪水潺潺远去，克劳斯仔细聆听它们的歌声：

> 奔呀，推呀，我们向前进！
> 浪花朵朵，动人心魄——
> 绝对不怠惰。
> 水滴晶莹，雀跃嬉戏，
> 急转、飞溅，顺流向前进

水花阵阵好欢喜!

克劳斯又找了点树根吃,水仙花用小小的眼睛笑眯眯
地看着他,咿咿呀呀地唱起优美的歌:

我们花开烂漫,我们世间稀罕,
没有花儿像我们这样欢快!
我们清香扑鼻,我们天生讨喜,
花色洁白真美丽。

这些小家伙优雅地点着脑袋,唱出自己的喜悦之情,
克劳斯听了哈哈大笑。轻柔的阳光照在克劳斯脸上,对他
低语,于是他的耳畔又传来了另一首歌:

阳光暖山谷,白昼时光度,
我们好高兴;
阳光赐慰抚,万物皆不负,
我们好开心!

"对！"克劳斯大声回答，"这儿的一切都那么幸福快乐。欢笑谷里一派和睦友善。"

他跟蚂蚁讲话，同金龟子交谈，又和无忧无虑的蝴蝶说笑，白天就这样过去了。到了晚上，他躺在铺着青苔的床上，安然入眠。

克劳斯睡着后，小精灵们就来了。他们好不欢乐，但没弄出一丁点儿声响。小精灵们带来了锅子、盆子、碟子、盘子，总之就是人类煮饭要用的所有器皿。他们在碗柜里、壁炉上摆满了厨具，最后又在床边的凳子上放了一套厚实的羊毛衣裳。

克劳斯一觉睡醒看到这些东西之后，不由得又揉了揉眼睛。他哈哈大笑，大声感谢小精灵们以及把他们派来的树圣。他满心欢喜，急切地检视起自己的家当，琢磨着这个、那个能派上什么用场。不过，克劳斯曾紧抓着伟大的阿克的腰带，造访过人类的城市。在那段日子里，他很快就注意到了人类的生活方式与习惯，所以眼下他从小精灵们送来的礼物中猜到，树圣想让他今后就像自己的同类那样生活。

"那就是说，我得犁地播种，"他寻思道，"这样一来，到了冬天，我就能囤够食物。"

克劳斯听水仙花歌唱

可是，当他站在青草遍地的山谷里时，意识到要是在这里开垦，就会糟蹋千百株美丽柔弱的花儿，还会伤害万千片纤弱细嫩的草叶，这么做他可受不了。

于是他伸出手臂，吹起一种很特别的口哨——这口哨是他在森林里学会的——然后大声喊道：

"田野花仙哟——出来吧！"

顷刻之间，一群模样古怪的小花仙就蹲到了克劳斯面前，他们朝克劳斯点头致意，兴高采烈地向他问好。

克劳斯诚恳地看着他们。

"我和你们那些住在森林里的弟兄很熟，"他说，"而且多年来，我一直很喜欢他们。等我们成为朋友，我也会喜欢你们的。对我来说，不管你们是住在森林里，还是住在田野间，花仙的律法都相当神圣。你们精心照料的花儿，我一朵都没故意糟蹋过；但是我得种些稻谷，好在寒冷的冬天有东西吃，我该怎么做才不会扼杀这些芬芳扑鼻、歌声动听的小家伙呢？"

黄花仙负责照料金凤花，他回答道：

"亲爱的朋友克劳斯，别烦恼。伟大的阿克说起过你，生活中还有更重要的任务等着你，你不应该为食物花力气。我们不住在森林里，不受阿克管束，但我们很乐意帮助他偏爱的人。所以，你就安心住下，做你决定要做的事。我们这些田野花仙会照料你的饮食的。"

花仙说完这番话之后就不见了，克劳斯也打消了耕种的念头。

等他再回到住的地方时，桌子上摆着一碗新鲜的牛奶，碗柜里有面包，旁边是满满一盘蜂蜜。红彤彤的苹果和新摘的葡萄都放在一只漂亮的篮子里，等着他享用。他对看不见的花仙大声喊道："我的朋友，谢谢你们！"然后马上吃了起来。

从此以后，克劳斯一旦饿了，只消看一看碗柜，就能发现好心肠的花仙送来的丰盛食物。兽神克努克砍了许多柴火堆在一起，好让他生火；小精灵们则给他送来了暖和的毛毯和衣裳。

众神成了克劳斯的朋友，他们悉心照料他，满足他的一切需要。就这样，克劳斯在欢笑谷住了下来。

克劳斯和小花仙们

克劳斯做了第一个玩具

克劳斯真有智慧，因为这些幸运的经历让他更加下定决心，要与人类的小家伙做朋友。他知道众神一定赞成这个计划，否则他们就不会对他那么照顾了。

于是，克劳斯立刻开始结识人类。他穿过山谷，越过平原，四处造访人类的住处。有些住处孤零零的，有些住处则挨在一起形成村庄。不论这些屋子是大是小，克劳斯都能在里头找到孩子。

小朋友们很快就认识了他那张欢快的笑脸，熟悉了他那双明亮善良的眼睛。家长们呢，他们虽然觉得这小伙子喜欢孩子胜过大人有些可笑，但有这么一个人愿意逗小男孩儿小

女孩儿开心，他们还是相当满意的。

就这样，孩子们和克劳斯一起嬉戏玩闹。男孩子们骑在他的肩上，女孩子们依偎在他强壮的臂弯里，小宝宝们则亲热地抱着他的腿。这个小伙子不管走到哪里，身后都会留下一串孩子气的笑声。要知道，那时候孩子们得不到父母多少关心和重视，所以有克劳斯这么好的一个人全心全意哄他们开心，实在令人惊奇。而且可以肯定的是，孩子们认识了他以后，真的非常幸福。在这位快乐的朋友的关心下，穷苦的孩子再度神采焕发，不再一脸悲伤；残疾的孩子虽然生来不幸，却还是绽开了笑容；生病的孩子不再呻吟；伤心的孩子止住哭泣。

只有勒德老爷的美丽宫殿和布劳恩男爵的崎岖堡将克劳斯拒之门外。这两个地方都住着孩子，可是宫殿的仆人让这个年轻人吃了闭门羹，暴躁的男爵则威胁说要把他吊在城墙的铁钩上。于是，克劳斯叹了口气，回到了穷人的住处。他在那儿很受欢迎。

过了一段时间，冬天的脚步近了。

花儿枯萎凋零，生命将尽；金龟子钻进温暖的土地深处；草地上不见蝴蝶翩翩飞舞；溪水仿佛着凉了一般，嗓子都哑了。

有一天，欢笑谷里飞雪漫天，雪花欢快地落了下来，给克劳斯家的屋顶披上了一件洁白的衣裳。

到了晚上，冰霜杰克敲了敲门。

"进来！"克劳斯大声说。

"你出来！"杰克答道，"你屋子里生着火呢。"

于是克劳斯走出屋子。他住在森林里的时候，就认识冰霜杰克了。虽说他不太信得过杰克，但还是很喜欢这个快活的淘气包。

"克劳斯，今天晚上我都没什么可玩儿的！"这个调皮鬼喊道，"这天气是不是好极了？天亮之前呀，肯定会有一大把鼻子、耳朵和脚指头被我冻坏的。"

"杰克，看在我的面子上，放过那些孩子吧！"克劳斯恳求道。

"可为什么呢？"杰克惊讶地问道。

"因为他们娇嫩柔弱，无依无靠。"克劳斯回答。

"可我就是喜欢拣那些细皮嫩肉的捏！"杰克大声嚷嚷道，"大人们皮糙肉厚的，捏得我手指头都累了。"

"小孩子太柔弱了，抵挡不了这份寒冷。"克劳斯说。

"那倒是。"杰克赞同克劳斯的说法，露出一副若有所思的样子。"好吧，今天晚上我一个孩子都不捏——要是我挡得住那种诱惑的话，"他信誓旦旦地说道，"晚安，克劳斯！"

"晚安。"

年轻人进屋关上房门，冰霜杰克则朝最近的村庄赶路。

炉火烧得旺旺的，克劳斯朝里面扔了一块木头。克努克送给他的大猫咪闪闪就蹲在炉边，她的毛发柔软顺滑，正心满意足地喵呜喵呜直叫唤。

"近期内我没法再见到孩子们了。"克劳斯对猫咪说。猫咪友好地止住叫声，听他说话。"冬天就要来了，以后的很多天里都会有厚厚的积雪，我没法再和小朋友们一起玩了。"

猫咪抬起一只爪子，若有所思地挠了挠自己的鼻子，但没有吱声。只要炉子生了火，克劳斯坐在炉边的安乐椅上，她才不在乎天气怎么样呢。

许多个日日夜夜就这样过去了。碗柜里总是塞得满满的，兽神克努克送来的柴火堆了好大一堆，可克劳斯除了给炉火添柴之外，根本无事可做。这弄得他烦透了。

有一天晚上，他拿起一根木棍，用锋利的小刀刻了起来。他起初不过是想打发一下时间，压根儿没想做什么。

克劳斯一边刻一边吹口哨，对着猫咪哼起了歌谣。猫咪蹲坐在那儿瞧着主人，聆听那欢快的口哨声。她可喜欢这曲调了，比喜欢自己的喵呜喵呜声还要多一点呢。

克劳斯看看猫咪，又瞧瞧自己正在削的木棍，木头很快就有了个形状，这形状就像一只猫咪的脑袋，上面竖着两只耳朵。

克劳斯的口哨声变成了哈哈大笑，他和猫咪都有点儿吃惊地看着木头雕像。然后，他又刻出眼睛和鼻子，把下巴弄圆，让脑袋就像安在脖子上那样。

这下，猫咪简直不明白克劳斯要做什么了。她呆坐在那儿，满腹狐疑地注视着接下来会怎么样。

克劳斯知道接下来会怎么样，刻好的脑袋让他有了主意。他小心翼翼地摆弄着小刀，熟练地削来削去，猫咪的身体渐渐有了样子。他刻的猫咪就和闪闪一样蹲坐在那儿，尾巴蜷在前腿边。

他花了好长的工夫雕刻，不过夜晚很漫长，他也无事可做。最后，他终于完工了，高兴地大声笑了起来。他把木头猫咪摆在壁炉边，就放在闪闪面前。

猫咪立刻怒视着自己的雕像，气得喵喵直叫，毛都竖了起来。木头猫咪毫不在意，克劳斯见了又乐得大笑起来。

克劳斯做了第一个玩具

闪闪朝木头雕像走过去，仔细地瞅了瞅，又机灵地嗅了嗅。虽然样子栩栩如生，但她看到的、闻到的都告诉她这玩意儿是块木头，于是她又坐回去喵呜喵呜地叫起来。不过，她一边灵巧地用长着肉垫的爪子洗脸，一边不时地向聪明的主人投去崇拜的目光。没准儿她的满意劲儿就跟我们瞧见自己好看的照片一样。

虽然说不上是为什么，可猫咪的主人也对自己的手工很满意。说真的，那天晚上他真该好好庆贺一番，世界各地的小朋友们也应该和他一起欢庆，因为克劳斯就这样做出了第一个玩具。

花仙给玩具上了色

　　欢笑谷眼下一片宁静。山谷覆盖着积雪，宛如铺上了白布。克劳斯坐在炉火边添柴，从他坐的地方朝外看，毛绒绒的雪花漫天飞舞。小溪表面结了一层厚厚的冰，溪水在冰层之下汩汩流淌；植物和昆虫为了保暖，都窝到了地底下。乌云挡住了月亮的脸庞，喜欢冬季运动的北风转啊、推啊，吹得雪花四处乱飞，都没机会落到地上。

　　克劳斯听着北风一边玩闹一边呼啸尖叫，不由得再次感激好心的兽神克努克给他盖了一间那么舒服的屋子。闪闪懒洋洋地洗了洗脸，心满意足地盯着木头瞧。木头猫咪就在对面直直地望着前方，玩具猫咪就是这模样。

突然，克劳斯听到一个声音，不像北风的呼啸，更像绝望痛苦的哀号。

他站起身来仔细聆听，但是北风刮得更猛了，屋门被震得直打战，窗户嘎嘎作响，弄得克劳斯没法集中精神聆听。等到北风吹不动的时候，他还在留神倾听，又听到了一声刺耳、痛苦的喊叫。

他迅速穿好衣服，把帽子拉到眼睛上，打开了门。北风灌了进来，吹得炉灰四处飘散，还猛地吹起了闪闪的毛，弄得她爬到桌子底下躲了起来。然后，屋门就关上了，克劳斯站在外面，不安地凝视着黑漆漆的一片。

北风狂笑嘶吼，想要把克劳斯刮倒，可他站得稳稳的。雪花无助地落到他眼里，挡住了他的视线，不过他揉揉眼睛，又朝外看去。飞雪漫天，天地间一片白茫茫、亮闪闪的。

哭喊声没有再响起。

克劳斯转身回屋，但是北风出其不意地拽了他一把，他脚下一绊，跌到了一团雪堆里。克劳斯双手插进雪堆，除了雪花，还碰到了另外一样东西。他抓住那个东西，轻轻地朝自己身边拉，结果发现那是一个孩子。他立刻抱起孩子，把他带回屋子里。

北风跟着他穿过房门，不过克劳斯很快就把它关在外面了。他把救回来的孩子放在炉边，拂去他身上的积雪，然后发现那小男孩儿原来是住在山谷边一所房子里的维库姆。

克劳斯用一条温暖的毯子把小家伙包了起来，揉搓他的四肢驱走寒气。没过多久，孩子就睁开了眼睛。他发现了自己身在何处，开心地笑了起来。克劳斯于是热了点牛奶，慢慢地喂给小男孩儿喝，猫咪一副一本正经的模样，好奇地瞧着这一切。最后，小家伙蜷在克劳斯的臂弯里，一边叹气，一边进入了梦乡。克劳斯因为发现了迷路的孩子而满心欢喜，他睡着的时候，还紧紧地抱着那个孩子呢。

北风发现自己再也不能捣蛋了，于是爬上山丘，朝北面席卷而去。累坏了的雪花终于能落到地上歇歇脚，山谷也再度宁静下来。

小男孩儿在这个朋友的臂弯里美美地睡了一觉。他睁开眼睛坐了起来，然后就像孩子会做的那样四下张望，看看屋子里都有些什么。

"克劳斯，你的猫咪真乖，"他终于开了口，"让我抱抱它吧。"

不过猫咪可不喜欢这主意，它呀，逃走了。

"那只猫咪不会逃走，克劳斯，"小男孩儿接着说，"让我抱抱那只猫咪吧。"克劳斯把玩具放到小男孩儿怀里，他亲热地抱着玩具猫咪，亲了亲它的木头耳朵。

"你是怎么在暴风雪里迷路的，维库姆？"克劳斯问道。

"我要去姑姑家，结果迷路了。"维库姆回答。

"你害怕吗？"

"天很冷，"维库姆说，"雪花飞到了我眼睛里，我什么都看不见。于是我走呀走，后来就摔倒了，也不知道自己在哪儿。北风吹得雪花都往我身上落，把我埋起来了。"

克劳斯温柔地摸摸维库姆的脑袋，小男孩儿抬头看着他笑。

"我现在全好了。"维库姆说。

"是啊，"克劳斯高兴地答道，"这会儿我要把你放在我那张温暖的床上，你得一觉睡到天亮，到时候我会送你回妈妈那儿。"

"猫咪能和我一起睡吗？"小男孩儿问道。

"要是你希望这样的话，它就能和你一起睡。"克劳斯回答道。

"这只猫咪真乖！"维库姆笑着说。克劳斯为他裹好毯子，

这小家伙很快就抱着木头做的玩具猫咪睡着了。

到了早上，欢笑谷笼罩在一片阳光中，山谷间光芒四溢。于是，克劳斯准备把迷路的孩子送回他母亲那儿。

"我能留着这只猫咪吗，克劳斯？"维库姆问道，"它不跑、不挠，也不咬，比真正的猫咪还要好。我能留着它吗？"

"当然可以。"克劳斯回答道。有孩子喜欢自己做的玩具，克劳斯可高兴了。于是他用一件暖和的斗篷把小男孩儿和木头猫咪裹了起来，扛到自己宽阔的肩膀上，然后大步流星地穿过山谷里的积雪，走过平原，来到一间简陋的小屋。维库姆的妈妈就住在这屋子里。

"看呀，妈妈！"他们一进屋，小男孩儿就喊道，"我有了一只猫咪！"

这善良的女人看到亲爱的孩子被救了回来，喜极而泣，不停地感谢克劳斯的善举。所以，克劳斯回家的时候，心里暖洋洋、乐呵呵的。

那天晚上，他对猫咪说："我想孩子们会像喜欢真正的猫咪一样喜欢玩具猫咪的，而且他们拉尾巴、扯耳朵的时候，也不会把玩具猫咪弄疼。我要再做一个。"

克劳斯送小男孩儿和木头猫回家

就这样，他着手进行一项伟大的工作。

第二只玩具猫咪比第一只做得更好。克劳斯正坐在那儿切呀削呀的呢，黄花仙来看他了。他看到克劳斯的手艺，真是满意极了，于是又去带了几个伙伴过来。

红花仙、黑花仙、绿花仙、蓝花仙，还有黄花仙，在地板上围坐成一圈，克劳斯一边吹口哨，一边把木头削成猫咪的样子。

"如果它的颜色也和真正的猫咪一样，那就没人知道它们的区别了。"黄花仙若有所思地说。

"也许小朋友们会看不出区别。"克劳斯回答道。他对这个主意挺满意的。

"我会给你带点儿涂在玫瑰和郁金香上的红色颜料，"红花仙大声说，"这样你就能把玩具猫咪的嘴唇和舌头涂成红色的啦。"

"我会给你带点儿涂在青草和树叶上的绿色颜料，"绿花仙说道，"这样你就能把玩具猫咪的眼睛涂成绿色的啦。"

"还要一点儿黄色，"黄花仙说，"我得给你取点儿涂在金凤花和麒麟草上的黄色颜料来。"

"真正的猫咪是黑色的，"黑花仙说，"我会给你弄点儿涂在三色堇花蕊上的黑色颜料，这样你就能把木头猫咪涂成黑色的啦。"

"我看到你在闪闪的脖子上系了条蓝丝带，"蓝花仙补充说，"我会给你弄点儿涂在风信子和勿忘我上的蓝色颜料，这样你就能在玩具猫咪的脖子上刻出一条木头丝带，然后涂成蓝色的啦。"

几个花仙说着就消失了，等到克劳斯刻完猫咪的样子，他们都带着颜料和刷子回来了。

他们让闪闪坐在桌子上，以便克劳斯照着原样为玩具猫咪上色。大功告成之后，几位花仙都说玩具猫咪就和活生生的猫咪一个模样。

"看上去就是这样。"红花仙补充道。

闪闪看到大家把注意力都放在玩具猫咪身上，似乎有点生气。而且，她好像也不太喜欢这只仿制的猫咪，便走到炉边的角落里，板着脸坐了下来。

不过，克劳斯可高兴了。天一亮，他就动身出发，跨过积雪，穿过山谷和平原，来到一座村庄。村子里有一间寒酸的小屋，屋子就挨着勒德老爷那栋漂亮宫殿的砖墙。屋子里有一张破破烂烂的床，上面躺着一个小女孩儿，她

正痛苦地呻吟。

　　克劳斯走近那孩子，亲了她一下，又安慰了她一下，然后把藏在大衣里头的玩具猫咪掏了出来，放在小女孩儿怀里。

　　啊，小女孩儿高兴得眼睛都变亮了，克劳斯见此情形，觉得自己的辛苦劳作、长途跋涉有了最好的回报。小女孩把猫咪紧紧地拥在怀里，一刻都不肯放开，仿佛那是一件珍贵的宝贝。高烧退去了，病痛也减轻了，她进入了甜甜的梦乡，舒舒服服地睡了一觉。

　　克劳斯回家的一路上都喜笑颜开。他一边吹口哨，一边哼着歌，从没像今天这么快活过。

　　克劳斯进屋的时候，发现母狮史格拉在等他。从他孩提时候起，史格拉就很疼爱他。克劳斯还住在森林里的时候，她经常到妮赛尔的住处看他。克劳斯搬到欢笑谷以后，史格拉坐立不安，好不寂寞。所有的狮子都讨厌下雪，可这会儿，她是冒着飞雪来探望克劳斯的。史格拉老了，牙齿也开始掉了，耳朵和尾巴尖上原本黄褐色的鬃毛也变白了。

　　克劳斯发现史格拉躺在壁炉边，于是用胳膊环绕着她的脖子，亲切地搂着她。猫咪远远地躲到了角落里，她才不要和史格拉待在一起呢。

克劳斯和老朋友说了自己做的玩具猫咪，还说了维库姆和生病的小女孩儿得到玩具以后是多么高兴。史格拉可不怎么了解小孩子，说真的，要是她遇到一个孩子，你可别指望她不会一口吞了他。不过，她对克劳斯的新任务很感兴趣，她说：

"我觉得这些雕像挺有趣的，但你为什么要做成猫咪的样子呢？猫咪太微不足道了。这会儿，我就在这儿，你可以刻成我这个百兽之后的模样。说真的，这么一来，孩子们一定很高兴——而且他们也不会受到伤害！"

克劳斯觉得这主意不错，于是拿了块木头，又把小刀磨快。这个时候，史格拉就趴在炉边，克劳斯小心翼翼地刻出母狮的脑袋，就连狮子那两颗露在外面的尖牙和瞪大的眼睛上深深的纹路都刻了出来。

刻好了之后，他说："史格拉，你长得可真吓人。"

"那么这雕像还跟我挺像的，"她回答，"因为对朋友之外的人来说，我的确很可怕。"

现在，克劳斯刻出了身体，身体后面拖着长长的尾巴。

趴着的狮子的雕像真是栩栩如生。

"我挺满意的，"史格拉边说边打了个哈欠，还优雅地伸了个懒腰，"现在我要看着你上色。"

克劳斯从橱里拿出花仙给他的颜料，把雕像涂成跟真正的史格拉一个模样。

母狮子把肉乎乎的大爪子搭在桌子边，直起身子，仔细检查按照自己的模样做出来的玩具。

"你的手真是太巧了！"她得意扬扬地说，"我敢肯定，比起猫咪，孩子们一定更喜欢这个。"

她朝闪闪龇了龇牙，雄赳赳气昂昂地朝森林里的家走去。闪闪惊恐地弓起背脊，吓得"呜呜"直叫。

小玛丽被吓着了

冬天过去了，欢笑谷里充满欢乐，一片喜气洋洋。小溪因为重获自由而高兴极了，它流得比以前更欢，不顾一切地朝岩石猛冲，在空中溅起一阵高高的水花。青草原先藏在枯萎的茎秆下面躲避风雪，现在，尖尖的草叶根根竖起，冒了出来。不过，即便花仙正忙着浇灌，花儿还是羞答答地不肯现身。太阳的心情真是好极了，它洒下的缕缕阳光在山谷里欢快地跳舞。

一天，克劳斯正在吃晚饭，突然听到有人怯生生地敲门。

"进来！"他喊道。

没人进来。可是过了一会儿，又传来一记敲门声。

克劳斯噌地站起来打开屋门，只见面前站着一个小姑娘，怀里还紧紧地抱着她的小弟弟。

"你就是特劳斯^①吗？"她害羞地问道。

"我就是，亲爱的！"他一边笑着回答，一边抱起两个孩子亲了一下。"欢迎你们到这儿来。你们来得正是时候，可以和我一起吃晚饭。"

他把两个孩子抱到桌子边，拿新鲜的牛奶和果仁蛋糕给他们吃。等他们吃饱了，克劳斯问道：

"你们为什么要大老远地跑来见我？"

"我想要一只标咪^②！"小玛丽回答道，她的小弟弟也点着脑袋，像回声一样大声地说："标咪！"他呀，都还没怎么学会说话呢。

"哦，你们想要玩具猫咪对吗？"克劳斯答道。他见孩子们那么喜欢自己的劳动成果，真是高兴坏了。

小客人热切地点了点头。

---

① 小玛丽还很小，发音还不太标准，把"克"说成了"特"。——译注
② 小玛丽把"猫"说成了"标"。——译注

小玛丽带着弟弟来找克劳斯要玩具

"真可惜，"克劳斯接着说道，"我现在只有一只玩具猫咪了，因为昨天我送了两只给镇上的孩子。玛丽，这只猫咪得给你弟弟，因为他比你小，下一个做好的猫咪就是你的。"

小男孩儿从克劳斯手里接过那个珍贵的玩具时，脸上放出了光彩；可是小玛丽却用手臂遮住脸蛋儿，伤心地啜泣起来。

"我——我——我现在就要——标——标咪嘛！"她号啕大哭。

见她那么失望，克劳斯难过了好一会儿。然后，他突然想起了史格拉。

"亲爱的，别哭了！"他安慰道，"我有个比猫咪更好的玩具，你就拿那个吧。"

他走到碗柜边，拿出母狮的雕像，放在玛丽面前的桌子上。

小女孩儿抬起手臂，只瞧了一眼那凶猛锐利的牙齿和虎视眈眈的眼睛，就吓得尖叫起来，冲出了屋子。小男孩儿也跟在她后面拼命尖叫，吓得把珍贵的玩具猫咪都扔在了地上。

　　克劳斯又惊讶又疑惑，怔怔地站了一会儿。然后，他把史格拉的雕像往碗柜里一扔，便追赶孩子们去了。他一边跑，一边叫他们不要害怕。

　　小玛丽不再飞奔，弟弟紧紧拽住她的裙子。他们朝屋子投去害怕的眼神，克劳斯好说歹说，保证那只野兽已经被锁在碗柜里了，他们这才罢休。

　　"可是，为什么你瞧见它会害怕呢？"他问道，"这只是一个玩具呀！

　　"它是坏蛋！"玛丽斩钉截铁地说，"它——它好吓人，一点都不像标咪那样好玩！"

　　"也许你说得对，"克劳斯若有所思地回答道，"不过，要是你愿意跟我回去，我很快就能做个漂亮的猫咪给你。"

　　他们相信了这位朋友说的话，于是又怯生生地进了屋，然后高兴地看着克劳斯把一块木头刻成猫咪的样子，涂上猫咪本来的颜色。克劳斯没花多少工夫就做好了，因为现在呀，他已经能很熟练地运用小刀了。玛丽因为看到了整个制作过程，所以就更珍惜这个玩具了。

　　小客人们一路小跑回家去了，克劳斯坐在那儿陷入了沉思。然后，他下定决心，自己做的玩具再也不能拿母狮

子这样凶猛的动物当样子了。

"亲爱的宝贝们可不能被吓着,"他想,"虽然我很了解史格拉,也不怕她,但孩子们看到她的模样,自然会害怕。从今往后,我刻玩具的时候,要挑松鼠、野兔、梅花鹿、小羊羔这样温顺的动物当样子。这么一来,小家伙们就会喜欢这些玩具,而不会害怕了。"

打那天起,他就开始干活了。到了睡觉前,他已经做好了一只木头兔子和一只木头小羊。它们不像玩具猫咪那样栩栩如生,因为刻猫咪的时候,闪闪就一动不动地蹲在他眼前,可兔子和小羊都是凭记忆做的。

不过,孩子们仍然很喜欢新玩具,克劳斯做玩具的名气很快就传遍了乡间野外的家家户户。他总是带玩具给生病或残疾的孩子,那些身强体壮的孩子则会自己走到欢笑谷的小屋向他要玩具。他们很快就踩出了一条小路,从田野里一直通向这位玩具师傅的家门。

来得最早的是克劳斯开始做玩具前就和他一起玩的孩子。毫无疑问,这些孩子都得到了大大的满足。接着,住得远一点的孩子也来了,他们听人说起这些美妙的雕像,于是启程前往欢笑谷要玩具。小家伙们得到了克劳斯的欢迎，没有一个人是空手回去的。

手工制品那么受欢迎，可把克劳斯忙坏了，不过能让那么多好孩子高兴起来，他也很开心。那些神灵朋友看到他大获成功，也颇感欣慰，他们给予克劳斯很大的支持。

兽神克努克为他选来干干净净的软木，这样一来，他削木头的时候，就不会把小刀弄钝了；花仙源源不断地为他送来各式各样的颜料和用猫尾草的叶尖做成的画笔；小精灵们发现这位工匠不仅需要小刀，也需要锯子、凿子、锤子和钉子，于是他们送来了好多样工具。

克劳斯很快就把客厅弄成了一间奇妙的工作间。他在窗前做了一张工作台，把工具和颜料收拾整齐，这么一来，他坐在凳子上的时候，就能拿到每样东西。克劳斯做了一个又一个玩具哄小孩子们开心，他发现自己也兴高采烈的，整整一天都情不自禁地吹着口哨，又唱又笑。

"这一定是因为我就住在欢笑谷，这里的一切都充满欢笑！"克劳斯自言自语道。

可原因并非如此。

快活的贝茜来到欢笑谷

有一天，克劳斯正坐在门口一边晒太阳，一边刻出一只玩具梅花鹿的脑袋和犄角，他抬头一看，发现有一队衣着闪亮的人正骑马穿过山谷，朝他这儿来。

等他们走近了些，他发现那原来是一队士兵，他们身穿亮闪闪的盔甲，手里拿着长矛和战斧。快活的小贝茜骑着马，走在队伍的最前面。她是勒德老爷的漂亮闺女，骄傲的勒德老爷呀，就是曾把克劳斯赶出宫殿的那位大人。贝茜的坐骑浑身雪白，马鬃上缀满了闪闪发亮的宝石，马鞍上盖着金线织就的布料，上面都是华丽的刺绣。她出行的时候，那些士兵就是被派去保护她免受伤害的。

快活的小贝茜骑着马来找克劳斯

克劳斯吃了一惊，但他还是边削木头边唱歌，直到那一行人在他跟前停了下来。接着，那小姑娘从马儿的脖子边探出身子说道：

"麻烦你，克劳斯先生，我想要个玩具！"

她的语气近乎恳求，克劳斯立刻跳起来站在她身边。但是，他不知道怎么回答贝茜的请求。

"你是一个有钱老爷的女儿，"他说，"要什么就有什么。"

"除了玩具，"贝茜说，"这世上就只有你才有玩具。"

"那些玩具是做给穷人家的孩子们的，他们没什么好玩的东西。"克劳斯继续说。

"难道穷人家的孩子就比有钱人的孩子更喜欢玩玩具吗？"贝茜问道。

"我想不是这样的。"克劳斯若有所思地说道。

"就因为我父亲是个老爷，我就该受到责怪吗？就因为其他孩子都比我贫穷，我就不能得到自己想要的漂亮玩具吗？"她真诚地问道。

"恐怕不得不这样，亲爱的，"他回答道，"因为穷人没有其他用来消遣的东西了。你有小马驹骑，有仆人伺候，有钱能买到所有让自己过得舒舒服服的东西。"

"可我想要玩具！"贝茜大声喊道，她说着抹了抹眼睛，硬是把眼泪憋了回去。"要是得不到玩具，我会很不开心的。"

眼见贝茜那么难过，克劳斯可发愁了，因为他想起自己的心愿就是让所有孩子开心，不管他们生活在什么样的环境下。可是，还有那么多穷人家的孩子眼巴巴地等着他的玩具，而快活的贝茜则已经有那么多让她高兴的东西了，他怎么能把原本要给那些孩子的玩具送给贝茜呢？

"听着，我的孩子，"他温柔地说道，"我正在做的所有玩具都已经答应给别人了，不过既然你一心想要，下一个玩具就做给你。过两天再来找我吧，到时候给你的玩具就做好了。"

贝茜高兴地叫了起来，她挨着小马驹的脖子俯下身子，很有礼貌地在克劳斯的前额上亲了一下。然后，她叫来侍卫，高高兴兴地骑着小马驹走了，留下克劳斯一个人继续干活儿。

"要是我不仅给穷孩子做玩具，也给有钱人的孩子做玩具，"他思忖道，"整整一年我都不得闲了！但是我真的应该给有钱人的孩子做玩具吗？我得去找妮赛尔说说

这事儿。"

于是，他刻好玩具梅花鹿之后（那梅花鹿长得可像克劳斯知道的林间空地上的梅花鹿了），就朝波兹森林走去，直奔美丽的仙女妮赛尔的小屋。妮赛尔曾是他的养母。

她温柔亲切地迎接了克劳斯，饶有兴趣地听他讲了快活的贝茜造访的经过。

"告诉我，"他说，"我该把玩具送给有钱人的孩子吗？"

"我们这些住在森林里头的生灵可不知道什么有钱人。"她回答道，"在我眼里，孩子们都一模一样。他们都是用同样的黏土做的，有钱这回事儿就跟一件衣服一样，不管是穿在身上还是脱在一边，穿衣服的孩子都是一个样。不过守护人类的是小精灵，他们比我更了解人类的孩子。我们去拜访精灵女王吧。"

他们立刻动身。精灵女王坐在两人身边，听克劳斯讲他为什么觉得有钱人家的孩子用不着他送礼物，也听了妮赛尔仙女是怎么说的。

"妮赛尔说得对，"女王说道，"因为不论贫富，孩子总是生来就喜欢漂亮玩具。有钱人家的贝茜也许会和穷人家的玛丽一样感到悲伤；她会和玛丽一样孤单烦闷，也会和玛丽一样开心快乐。克劳斯朋友，我想不管那些小朋友是住在宫殿里还是小屋里，你的职责就是让他们所有人都开心。"

"美丽的女王，你的话很有道理，"克劳斯回答道，"而且我打心眼儿里觉得，这番话又公正又明智。从今往后，所有的孩子都能得到我的帮助。"

于是，他彬彬有礼地朝女王鞠了一躬，亲吻了妮赛尔，然后回到了山谷。

他在小溪边停下来喝了点儿水，然后坐在岸边拿起一块潮湿的黏土，寻思着能为快活的贝茜做个什么样的玩具。他下意识地把黏土捏出了个形状，等他低头一看，发现自己不知不觉间已经捏出了一个脑袋，样子还有点像妮赛尔仙女！

克劳斯立刻产生了兴趣，他于是又从岸边多拿了些黏土带回家。然后，他利用小刀和一点儿木头，成功地把黏土做成了一个玩具仙女的模样。他灵巧地削呀、刻呀，在仙女的头上刻出长长的鬈发，又在仙女的身上刻出了一件橡树叶做成的裙子，裙子底下伸出的两只小脚丫上还套着一双草鞋。

可是黏土太软了，克劳斯发现他得轻轻地托着这件漂亮的手工作品，免得把它弄坏。

也许阳光能晒干水分，让黏土变硬，他想。于是，他把雕像摆在一块木板上，把它放在耀眼的阳光下。

做完这件事之后，他走到工作台边，开始为玩具梅花鹿上色。他涂得兴致勃勃，把黏土仙女的事儿全忘了。不过，第二天早上，他刚好看到放在木板上的雕像，发现阳光已经把它晒得像石头一样硬，拿在手里都不会弄坏了。

这下，克劳斯照着妮赛尔的样子小心翼翼地为黏土仙女上色——深蓝色的眼睛、洁白的牙齿、红润的嘴唇，还有红褐色的头发。他把裙子涂成了橡树叶一般的绿色，等到颜料都干了之后，这个新玩具让克劳斯着迷不已。黏土做的仙女当然不及妮赛尔本人那么可爱，不过，考虑到这个玩具仙女是用黏土做的，克劳斯觉得它已经非常美丽了。

第二天，当贝茜骑着雪白的小马驹来到克劳斯的住处时，他把新玩具送给了她。小姑娘仔细查看这个漂亮的雕像，眼睛从来没像现在这么亮过。她呀，立刻就喜欢上了这个玩具。贝茜把雕像紧紧地抱在怀里，就像妈妈抱着小宝宝一样。

"它叫什么名字呀，克劳斯？"她问道。

克劳斯知道仙女不喜欢人类说出自己的名字，所以他不能告诉贝茜自己送给她的是妮赛尔的雕像。不过，这可是个新玩具，他苦想冥思，要为它想个新名字。然后，他决定就用自己想到的第一个词儿。

"叫洋娃娃，亲爱的。"他对贝茜说。

"我要把洋娃娃叫作我的小宝宝，"贝茜一边回答，一边怜爱地亲了亲它，"我要关心它、照顾它，就像奶妈照顾我一样。太谢谢你了，克劳斯，就因为你的礼物，我还从来没像现在这样开心过！"

然后，她就骑着马走了，怀里还抱着那个玩具。克劳斯见她那么高兴，觉得自己要再做一个洋娃娃，比第一个洋娃娃更好看、更逼真。

克劳斯从小溪边多拿了些黏土，他记得贝茜曾把洋娃娃叫作自己的宝宝，所以决定这次要捏成一个婴儿的模样。对这个聪明的工匠来说，这可不是什么难事。很快，一个婴儿模样的洋娃娃就被放在木板上晒太阳了。然后，克劳斯又把剩下的黏土捏成快活的贝茜的模样。

这活儿可不容易，因为他发现自己没法用普通的黏土

捏出贝茜穿的绸缎衣裳。于是，他找小精灵帮忙，要他们带点五彩的绸缎来，好为黏土雕像做一条真正的裙子。小精灵立刻奉命出发，黄昏时分就带回来好多绸缎花边，还有金色的丝线。

克劳斯这下迫不及待地要把新洋娃娃做好。他等不及第二天再把雕像晒干，于是把黏土像放在壁炉里，在上面盖上炽热的木炭。到了早上，他从灰烬里把洋娃娃拿出来的时候，它已经烤得硬邦邦的，就好像在灼热的太阳底下晒了一整天似的。

我们的克劳斯呀，这回不仅是玩具师傅，还当了一回裁缝。他剪下一块淡紫色的绸缎，差不多就做成了一条美丽的裙子，新洋娃娃穿着刚刚好。他用花边在洋娃娃的脖子上围成一圈领子，又用粉色的绸缎为它做了双鞋子。烘干的黏土本来是浅灰色的，不过克劳斯把洋娃娃贝茜的脸蛋儿涂成了肉色，又给它画上了褐色的眼睛、金色的头发，还把脸颊涂得粉嘟嘟的。

这个洋娃娃看上去真漂亮，而且一定会让孩子们打心底里开心的。克劳斯正欣赏洋娃娃呢，突然听到一阵敲门声，小玛丽走了进来。她面露悲伤，眼睛哭得通红。

"亲爱的，你为什么这么伤心？"克劳斯一边问，一边把孩子揽在怀里。

"我——我——我把标咪弄坏了！"玛丽呜咽道。

"怎么弄坏的呢？"他眨了眨眼睛问道。

"我——我把它叫^①在地上，尾巴酸^②断了；然——然——然后，我又把它叫^③在地上，把耳朵酸^④断了！它——它现在全坏了！"

克劳斯哈哈大笑起来。

"没关系，亲爱的玛丽，"他说，"你觉得比起猫咪，这个新洋娃娃怎么样？"

玛丽瞧了瞧这个穿着丝绸衣裳的洋娃娃，惊奇地瞪大了眼睛。

"哦，特劳斯！"她欣喜若狂地拍着小手喊道，"这个米^⑤丽的小姐葛^⑥以给我吗？"

---

① 小玛丽把"掉"说成了"叫"。——译注
② 小玛丽把"摔"说成了"酸"。——译注
③ 同①。——译注
④ 同②。——译注
⑤ 小玛丽把"美"说成了"米"。——译注
⑥ 小玛丽把"可"说成了"葛"。——译注

小玛丽非常喜欢这个洋娃娃

　　“你喜欢吗？”他问道。

　　“喜欢！”她说，“它比标咪还好！”

　　“那拿去吧，亲爱的，小心别摔坏了。”

　　玛丽兴高采烈地捧着洋娃娃，那神情都有点毕恭毕敬的。她踏上回家的小路时一脸欢笑，脸颊上现出了小酒窝。

坏蛋阿格沃

现在，我得跟你们说说阿格沃的事。这群可怕的家伙给我们善良的克劳斯带来好多麻烦，而且差点就把克劳斯从孩子们身边掳走了。对这世上的孩子来说，克劳斯可是他们的第一个朋友，也是他们最好的朋友呢。

我可不想提阿格沃，但他们也是这个故事的一部分，不能置之不理。他们既不是凡人，也不是神灵，而是介于两者之间。普通人看不见阿格沃，但众神能瞧见他们。阿格沃能很快地从一个地方飞到另一个地方，而且他们能左右人类的思想，达到做坏事的目的。

他们体型庞大、模样粗俗、面容阴沉，显然对人类憎恨不已。他们压根儿就没什么良心，只有做坏事才能让他们高兴。

阿格沃住在崎岖的山岭里。他们老是到别的地方使坏。

能想出一桩可怕透顶的事情来的阿格沃，总会被推选为大王，其他人都要听从他的命令。有时候，这群家伙能活到一百岁，不过他们经常会自己打起来，打得可凶了。好多阿格沃都会在搏斗中遭受重创，基本上就会因此一命呜呼。凡人伤不了阿格沃；众神听到他们的名字也要打个哆嗦，然后避之不及。于是多年来，他们人丁兴旺、无所顾忌，做了好多坏事。

我很高兴地向你保证，这些恶劣的家伙已经从地球上消失好一阵子了。不过，在克劳斯做第一个玩具的时候，他们还人多势众。

阿格沃的主要消遣就是唤起小朋友心里的怒气，好让他们互相争吵、打架。他们会引诱小男孩儿吃还没成熟的果子，看着他们难受不已的样子，阿格沃可高兴了；他们还会唆使小女孩儿不听爸爸妈妈的话，看着她们受到责罚，阿格沃就会哈哈大笑。我不知道现在的小朋友为什么会淘气，不过在世上还有阿格沃的时候，孩子们之所以会淘气，就是因

为受了他们的影响。

克劳斯眼下正让孩子们开开心心的，所以也让他们渐渐摆脱了阿格沃的影响。孩子们从克劳斯那里得到了那么可爱的礼物，就不会再听从阿格沃试图在他们脑袋里种下的做坏事的念头了。

所以呀，这群坏蛋又要推选新大王的时候，有一个提议消灭克劳斯并把他从孩子们身边带走的阿格沃就当上了新大王。

"大家都知道，自从克劳斯到欢笑谷做玩具以来，这世上的淘气包可是越来越少了。"新大王蹲在一块岩石上，边说边环顾子民们一张张愁眉不展的脸庞。"为什么快活的贝茜这个月一次都没有踩脚？为什么玛丽的弟弟不再打她的脸，也不再把小狗扔到接雨水用的桶里了？小维库姆昨天晚上洗澡的时候不哭也不闹，那都是因为妈妈答应他可以抱着玩具猫咪睡觉！这情形，任谁想想都太可怕了！要让孩子们再淘气起来，就只有把克劳斯从他们身边赶走。"

"赶走！赶走！"高大的阿格沃异口同声地喊了起来，他们拍着双手，为大王的发言鼓掌。

"可我们该拿他怎么办呢？"一个阿格沃问道。

"我有个办法。"坏蛋大王回答道。你很快就会知道他说的办法是什么了。

那天晚上，克劳斯睡觉的时候很高兴，因为他白天做了四个漂亮的玩具。他觉得，那四个玩具一定会让四个小朋友相当开心。可是，他睡着了以后，人类看不见的阿格沃就围到床边，用结实的绳子把他捆了起来，然后带着他飞到了一片远在伊瑟普的黑暗森林里。他们把克劳斯扔在那儿以后，就飞走了。

到了早上，克劳斯发现自己被捆在一片未知的野外丛林，离人类有十万八千里远。

克劳斯头顶的一根树枝上挂着一条巨蟒，它绕成圈缠起来呀，能把人的骨头都碾碎；不远处蹲着一只凶猛的黑豹，它瞪着血红的眼睛，死死地盯着不知所措的克劳斯；还有一只可怕的斑点蜘蛛正沿着毫无光泽的叶子悄悄地朝他爬去。蜘蛛碰过的叶子全都枯萎发黑了，要是被它叮上一口，那可就要一命呜呼了。

不过，克劳斯可是在波兹森林里长大的，他才不会害怕呢。

"森林里的兽神克努克哟，快到我这儿来！"他边喊，

边吹出一声低沉、特别的口哨，这声音兽神克努克能听到。

黑豹本来正要扑到猎物身上，结果却转身逃走了；巨蟒立即朝大树里藏，最后消失在树叶后面；蜘蛛突然停了下来，躲在一块腐烂的木头下面。

克劳斯还没回过神来，就被一群样貌丑陋的兽神克努克团团围住了。他还从没见过长相那么难看、扭曲的家伙呢。

"来者何人？"一个声音粗哑的兽神克努克问道。

"你们住在波兹森林里的兄弟是我的朋友，"克劳斯回答道，"我的敌人阿格沃把我带到这儿，要让我悲惨地自生自灭。我现在恳请你们替我松绑，送我回家。"

"你知道那个标记吗？"另一个兽神克努克问。

"知道。"克劳斯说。

兽神克努克给克劳斯松了绑，他的手臂又能动了，于是就画了兽神克努克的秘密标记。

他们立刻帮助克劳斯站了起来，又拿来吃的、喝的，让他恢复力气。

"我们住在波兹森林里的兄弟交的朋友可真古怪。"一个上了年纪的兽神克努克嘟囔道，他那把垂着的胡子全都白了。"不过，不管是谁，只要知道我们的秘密标记和暗号，就能得到我们的帮助。异乡人哟，闭上眼睛吧，让我们带你回家。你住在哪里呢？"

"在欢笑谷。"克劳斯说着闭上了眼睛。

"这世上只有一个叫欢笑谷的地方，我们不会走错的。"上了年纪的兽神克努克议论道。

说话间，兽神克努克的声音似乎就消失了，克劳斯睁开眼睛，想看看到底发生了什么。结果呀，他惊奇地发现自己已经坐在了家门口的凳子上，欢笑谷就在眼前。那天，他去拜访了森林仙女，把这次历险讲给泽琳女王和妮赛尔听。

"既然阿格沃与你为敌，"美丽的女王若有所思地说，"那我们一定会竭尽所能，保护你免受他们的伤害。"

"趁别人睡着的时候把他绑起来是懦夫的行为。"妮赛尔义愤填膺地说道。

"坏蛋都是懦夫，"泽琳女王答道，"但不能让我们的朋友在休息的时候再受到打扰了。"

那天晚上，女王亲自来到克劳斯的住处，在每一道门和每一扇窗户上都设下封印，以抵挡阿格沃。在泽琳女王的封印下面，小精灵、花仙和兽神克努克也各自设下封印，这么一来，封印的魔力就更强了。

克劳斯和上了年纪的兽神克努克

于是，克劳斯又能给孩子们送玩具了，越来越多的小朋友被他逗得高兴不已。

猜猜阿格沃大王和那群穷凶极恶的家伙得知克劳斯逃出伊瑟普森林时，有多么的怒气冲冲。

整整一个星期，他们都情绪激动、愤怒不已，然后又在岩石间举行了一场集会。

"把他掳到兽神克努克管辖的地方毫无用处，"大王说道，"他受到保护呢。就把他弄到我们自己的山头，扔在一个山洞里，他一定在劫难逃了。"

这主意立刻大获支持，那天晚上，这群大坏蛋就动身去抓克劳斯了。可是他们发现克劳斯的住处有众神的封印守护，自己的盘算落了空，只好灰溜溜地打道回府。

"没关系，"大王说，"他不会总是睡觉的！"

第二天，克劳斯打算把一只玩具松鼠送给村里一个瘸腿的小男孩儿。他正穿过田野朝村子里去呢，突然遭到了阿格沃的袭击。阿格沃把他抓起来带到了山里。

他们把克劳斯丢进一个深深的山洞，又在洞口堵了很多巨石以防他逃出去。

洞里没有光亮，没有吃的，连空气都很稀薄，我们的

克劳斯好不可怜！可是，他会说神秘的精灵语，这么一来就能求助于他们。小精灵们于是前来搭救克劳斯，一眨眼的工夫，就把他送回了欢笑谷。

阿格沃这下明白了，他们没法除掉克劳斯，因为他已经赢得了众神的友谊。于是，这群大坏蛋又想出其他办法，不让克劳斯给孩子们带去欢乐，好让孩子们乖乖听自己的话。

他们派了一个阿格沃监视克劳斯的一举一动，每当他要动身把玩具送给小朋友们的时候，那只阿格沃就扑上去抢走玩具。孩子们收不到玩具，好不失望；克劳斯转身回家的时候，也同样闷闷不乐。不过，他还是锲而不舍地为小朋友们做了好多玩具，再度前往村庄。可只要他一离开欢笑谷，阿格沃就又把玩具一抢而空。

阿格沃把偷来的玩具都扔到一个偏僻的岩洞里，攒了好大一堆。克劳斯好不沮丧，终于放弃了离开欢笑谷的念头。孩子们发现克劳斯不来了，就纷纷上他那儿去。可是坏蛋阿格沃在孩子们身边飞来飞去，弄得他们走错地方，还把小路变得歪歪扭扭的，所以从来没有一个小家伙能找到通向欢笑谷的小路。

　　克劳斯学会了疼爱孩子，可他现在却没法给他们带去欢乐，所以日子过得好不寂寞。然而，他还是勇敢地打起精神，因为他能肯定，总有那么一天，阿格沃会放弃伤害他的邪念。

　　他把所有的时间都花在了做玩具上。他专门做了一个放玩具的架子，每当做好一个玩具，他就把它放在架子上。等到架子上都摆满一排排玩具，他就又做了一个架子，然后把它也摆满了。随着时间的流逝，克劳斯有了好多好多的架子，上面摆满了鲜艳美丽的玩具，里头有小马、小狗、小羊、猫咪、大象、野兔和梅花鹿，有各种大小的漂亮娃娃和皮球，还有用黏土烧制并涂上鲜艳颜色的珠子。

　　每当看着这堆孩子气的宝贝，善良的老克劳斯心里就难过不已，他多么想把这些玩具都送到孩子们手里呀！最后，他再也受不了了，大着胆子去见伟大的阿克。他把阿格沃骚扰自己的来龙去脉和盘托出，恳请树圣能助自己一臂之力。

善恶较量

    阿克一边神情严肃地听着克劳斯的叙述，一边优雅地慢慢捋了捋自己的胡子，陷入了沉思。听到兽神克努克和小精灵是怎么把克劳斯救出来的时候，他赞成地点点头；听到阿格沃是怎么把孩子们的玩具偷走的时候，他又皱起了眉头。最后，他说：

    "你为人类的孩子所做之事，我从一开始就相当赞成，然而这一善举却为阿格沃所阻挠，令我十分恼火。众神与那些伤害你的坏蛋素来毫无瓜葛。我们总是避之不及，而他们迄今为止都小心翼翼，从不在我们出现的地方经过。可是现在，我们的朋友为其所害，既然你受我们的保护，我会命令他们不再为难你。"

　　克劳斯万分感激，他谢过树圣以后，就回到了欢笑谷。阿克则立刻前往阿格沃住的山区，他践行诺言可是从来都不会耽搁的。

　　阿克站在光秃秃的岩石上，召唤阿格沃大王和他的子民现身。

　　顷刻之间，脸色阴沉的阿格沃就蜂拥而至，把这里挤得满满的。他们的大王站在一块石头尖上，暴跳如雷地问道："是谁胆敢召唤我们？"

　　"是我，这世上的树圣。"阿克回答道。

　　"这里没有归你管辖的森林，"大王怒气冲冲地大声说，"我们并不效忠于你，也不效忠于任何神灵！"

　　"的确如此，"阿克镇定地回答道，"然而你们胆敢妨碍克劳斯的善举。他就住在欢笑谷，受我们保护。"

　　听到这番话，很多阿格沃都嘀嘀咕咕起来，大王则恶狠狠地转向树圣。

　　"你主管森林，但田野和山谷都归我们！"他叫了起来，"待在你那黑漆漆的森林里头吧！我们想把克劳斯怎么样就怎么样！"

"绝不允许你们伤害我们的朋友！"阿克回答。

"不许？"大王放肆地问道，"走着瞧！我们的势力远在凡人之上，而且和众神都不相上下。"

"你就是因为自负才误入歧途的！"阿克严厉地说道，"你们生命短暂，必将消亡。我们永生之族怜悯你们，也蔑视你们。你们在这世上为万物所不齿，在天堂里也没有一席之地！凡人离开尘世之后，都会进入另一个永久之所；地位在你们之上的生灵亦是如此。你们既非凡人，亦不是神，怎敢拒不遵从我的意志？"

阿格沃纷纷跳了起来，做出一副威胁的样子，阿格沃大王却示意他们退下。

"从来都没有一个神灵宣称自己是阿格沃的主人！"他对阿克大声说，愤怒得连声音都在颤抖，"没有一个神灵胆敢再干涉我们的行为！因为我们会在三天之内杀死你的朋友克劳斯，来报复你这番轻蔑的言辞。谁都没法让克劳斯免遭复仇，你救不了他，众神都救不了他。我们向你们的势力挑战！滚吧，这世上的树圣！你在阿格沃的国度没有一席之地！"

"你在宣战！"阿克目光炯炯，厉声说道。

"就是宣战！"大王粗暴地回答，"三天之内，你的朋友死定了。"

树圣于是转身前往波兹森林，他召来了众神，告诉他们阿格沃气焰嚣张，还准备在三天之内杀死克劳斯。

众神安静地听他诉说。

"我们该怎么办？"阿克问道。

"这些家伙一无是处，"兽神克努克王子说，"我们一定要消灭他们。"

"他们活着就是为了做坏事，"花仙王子说，"我们一定要消灭他们。"

"他们不辨是非，千方百计要把凡人变得和他们一样坏，"精灵女王说，"我们一定要消灭他们。"

"他们违抗伟大的阿克，还威胁要伤害我们收养的孩子，"美丽的泽琳女王说，"我们一定要消灭他们。"

树圣露出了笑容。

"你们说得对，"他说，"我们都知道阿格沃一族势力强大，他们会拼死抵抗；然而结果是必然的。就算被敌人征服，我们仍然长生不老，可是阿格沃注定要死去，他们的反抗微不足道。那么，准备战斗吧，让我们下定决心，绝

不饶恕那群坏蛋！"

于是，众神与恶灵之间爆发了可怕的战争，这场较量至今都在奇幻的国度中传唱。

阿格沃大王和他的手下决心把消灭克劳斯的威胁付诸实践。他们对克劳斯怀恨在心，一则是他把孩子们哄得很开心，二来他是树圣的朋友。不过，自从阿克来访以后，他们也担心会遭到众神的阻挠，而且他们还害怕自己会失败。于是，大王派出腿脚利索的使者前往世界各地，召集所有坏家伙助他一臂之力。

到了宣战后的第三天，阿格沃大王麾下已经有了一支强大的军队。他有三百头亚洲飞龙喷着火焰，所到之处都被付之一炬。这些怪物憎恨人类，憎恨所有善良的生灵。他有鞑靼的三眼巨人，这些巨人本来就是一支军队，最喜欢的事莫过于打仗。巴塔洛尼亚的黑魔来了，他们巨大的翅膀就像蝙蝠的翅膀一样朝外延伸，拍击空气的时候能让全世界都惊恐不已、痛苦不堪。咕咕精也来了，他们长长的爪子像宝剑一样锋利，能把敌人的肉都抓下来。最后，世上每个住在山里的阿格沃都加入了这场与众神的大战之中。

阿格沃大王环顾这支强大的军队，狂喜不已，心里满是要大干一番的得意劲儿。他深信自己一定能击败那些温文尔雅的对手，以前可从没听说过他们会打仗。然而，树圣可没闲着。他的臣民的确从未经历战火，但他们既已响应号召，勇敢面对众多恶灵，就会心甘情愿地为应战做好准备。

阿克命令他们在欢笑谷集合，这个时候，克劳斯还在安安静静地做他的玩具，对这场因自己而起的可怕战斗一无所知。

整个欢笑谷的山峦之间很快就聚满了各位神灵。树圣站在最前面，他手里的斧子闪闪发光，宛如锃亮的白银；接着，花仙也来了，他们全副武装，身上都是荆棘的利刺；然后兽神克努克来了，他们举着长矛，这长矛本是万不得已的时候用来制服凶猛的野兽的；小精灵们来了，他们身披白纱，挥舞金色的魔杖，还长着一对七彩的翅膀；森林仙女也来了，她们都穿着橡树叶一般的绿色衣裳，拿着白蜡树的枝条当作武器。

阿格沃大王瞧见敌军的规模和武器，不由得放声大笑。树圣有力的斧头当然叫人害怕，可模样甜美的仙女、可爱漂亮的精灵、温和亲切的花仙，还有弯腰驼背的兽神克努

克，看起来都毫无一丝恶意，这让他简直有点不好意思，因为自己为了对付他们，竟然招来了一支那么可怕的队伍。

"既然这些蠢货胆敢开战，"他对鞑靼巨人的首领说，"我就要用我们邪恶的力量击溃他们！"

战斗打响了。阿格沃大王左手举着一块巨石，用力朝健壮的树圣扔了过去，树圣用斧子把巨石挡到了一边。接着，鞑靼的三眼巨人朝兽神克努克猛冲，咕咕精朝花仙奔袭，喷火的巨龙则向可爱的精灵发起了进攻。仙女原本就是阿克的臣民，所以一大群阿格沃专门与她们战斗，他们以为自己轻而易举就能获胜。

坏人也许能不受阻碍地干下坏事，可善恶交锋时，善良的一方永远都不会被打倒。道理就是这样。要是阿格沃大王明白这个道理就好了！

他正是因为无知，断送了自己的性命。树圣一挥斧子，就把坏蛋大王劈成了两半，除掉了这世上最坏的家伙。

小个子兽神克努克让鞑靼的巨人们吃了一惊，因为兽神克努克用长矛刺穿了巨人厚实的皮肤，刺得他们疼痛难忍，哀号着摔倒在地。

长着利爪的咕咕精也痛得嗷嗷直叫，花仙身上的利刺插进了他们残暴的心脏，田野上洒满了咕咕精的鲜血。后来，每一滴血溅到的地方都长出一株刺蓟。

巨龙也惊讶万分地停了下来，因为小精灵挥动魔杖使出魔力，让巨龙喷出的火焰又掉转回去。巨龙被烧焦，最后也死了。

至于阿格沃嘛，他们还没反应过来呢，就被消灭了。仙女拿的白蜡树枝上有一种阿格沃不知道的魔法，只要轻轻一碰，敌人就会化为一块泥土。

当阿克倚在那把闪闪发亮的斧子上，转头俯视战场的时候，他看见有几个巨人正落荒而逃，往鞑靼跑去，最后消失在了远山之间。咕咕精一个都没留，可怕的巨龙也都被消灭光了，坏蛋阿格沃变成了一堆堆散落在田野间的小土墩。

于是，众神就像朝阳下的露珠一样从欢笑谷中消失了，他们回到森林，重新肩负起自己的职责。阿克若有所思地缓缓走到克劳斯的小屋，踱了进去。

"你有很多玩具要送给孩子们，"树圣说，"现在你已经不用害怕，可以带上玩具穿过田野，到村子和孩子们的住所去了。"

阿克率领众神打败了怪物们

"阿格沃不会再伤害我了吗？"克劳斯急切地问道。

"阿格沃呀，"阿克说，"都被消灭了！"

有关坏蛋和流血战斗的事情就这么些，我很高兴自己终于说完了。我并不愿意讲述阿格沃和他们的联军，还有他们和众神打仗的事儿，不过这是故事的一部分，总是要讲的。

第一次和驯鹿旅行

克劳斯把积攒起来的玩具带给了小朋友们，他们都等了好久了。那段日子里，克劳斯可高兴了。他被困在欢笑谷的时候，辛辛苦苦地做了好多玩具，架子上都堆得满满当当的。附近的孩子们很快都有玩具了，克劳斯明白自己这下得去更远点儿的地方了。

克劳斯记得和阿克一起在世界各地旅行的时候，到处都有孩子，他希望这些玩具能尽可能多让些孩子们开心起来。

于是，他装了一大袋各式各样的玩具。为了拿起来容易些，他把袋子扛到了肩膀上，动身踏上一段长途旅程。

这段旅途呀，比他之前走过的都长。

不管是在村落还是在农舍，只要克劳斯那张欢乐的脸庞一出现，都会受到热烈的欢迎。他的大名已经传到了很远很远的地方。在每一个村庄，孩子们都围拢在他身边，他走到哪里，他们就跟到哪里；他为小家伙们带去了欢乐，女人们因此对他千恩万谢；男人们则纳闷地打量着他，因为他把时间都花在了做玩具这么一件古里古怪的事情上。不过，人人都对他露出笑脸，人人都和他亲切交谈，克劳斯觉得自己长途跋涉相当值得。

等袋子都空了，他又回到欢笑谷，再把它装满。这一次，他走了另一条路，到了一个截然不同的地方，给好多孩子带去了欢乐。这些孩子从没得到过玩具，他们甚至都不知道世上还有玩具这么有趣的东西。

克劳斯第三次去的地方好远好远，花了好多天才走到。这趟旅行结束以后，克劳斯存着的玩具都送完了，他片刻都没耽搁，就开始做新玩具了。

克劳斯见过那么多孩子，又研究了他们的喜好，在做玩具这件事上又有了些新点子。

他发现，小宝宝和小姑娘在所有玩具里最喜欢洋娃娃，

有些说不清"洋娃娃"这几个字，奶声奶气地把它叫作"娃娃"。于是，克劳斯决定做许许多多洋娃娃，做成各种大小，给它们穿上颜色鲜艳的衣裳。年纪大一点的男孩儿——甚至还有些女孩儿——喜欢动物的样子，于是他还是会做猫咪、大象、小马驹。不少小家伙都有音乐天赋，喜欢敲锣打鼓吹喇叭，于是他做了好些个玩具小鼓，还有用来敲鼓的小棍子；他又用柳树做了哨子，用芦苇做了喇叭，还把锤过的铜片做成钹锣。

克劳斯一直忙着做这做那，不知不觉间，冬天就到了。那年冬天，积雪比往年更深，克劳斯知道要是背着那么重的包裹，他根本没法离开欢笑谷。而且，这次他要去一个更远的地方，冰霜杰克可淘气了，如果克劳斯在冰霜大王主宰世间的时候长途跋涉，鼻子和耳朵都会被冻掉的！冰霜大王是杰克的父亲，他可从来不会因为儿子恶作剧而加以责罚。

于是，克劳斯只好待在工作台边，不过他和以前一样又是吹口哨又是唱歌的，好不快活，他才不会因为失望而坏了心情，让自己不开心呢。

有一天早上天气明媚，克劳斯往窗外一瞧，看见两头鹿正朝自己的屋子走来。他以前住在森林的时候，就认识它们了。

克劳斯有点儿吃惊，这倒不是因为亲爱的小鹿来看他了，而是因为即便欢笑谷的积雪已经有好几尺深，它们走起来还是毫不费力、如履平地。克劳斯一两天前还出过门，胳肢窝以下的部位都陷在了积雪里头。

等小鹿走近了一点儿，他开门朝它们喊道：

"早上好，弗罗西！快告诉我，你们是怎么在雪地上走得那么轻巧的。"

"雪都冻住啦。"弗罗西回答道。

"冰霜大王在上面吹了口气，"戈罗西边说边上前，"这会儿雪地上就和冰面一样结实。"

"没准儿，"克劳斯若有所思地说道，"我现在能带着装玩具的袋子去孩子们那儿了。"

"路很远吗？"弗罗西问。

"很远，要走好几天呢，因为袋子太重了。"克劳斯回答。

"那等你回来的时候，雪都化了呢，"小鹿说道，"你得等到春天，克劳斯。"

克劳斯叹了口气说："要是我有你们这样的飞毛腿，就能在一天之内来回了。”

“可惜你没有。”戈罗西一边回答，一边骄傲地瞧了瞧自己纤细的长腿。

“没准儿我能骑在你背上。”克劳斯沉默了一会儿之后，硬着头皮说。

“哦，不行，我们的背脊不够结实，驮不动你，”弗罗西斩钉截铁地说，“不过要是你有个雪橇，而且能把我们套上去的话，那我们就能毫不费力地拉着你赶路，还能带上你的包裹。”

“我要做个雪橇！”克劳斯喊了起来，“如果我做好的话，你们愿意拉我赶路吗？”

“这个嘛，”弗罗西答道，“我们得先去征求兽神克努克的同意。我们归兽神克努克管，要是他们同意的话，你就能动手做雪橇和挽具了，我们很乐意帮助你。”

“那快点儿去问吧！”克劳斯急切地大声说，“我敢肯定亲切的兽神克努克会同意的。等你们回来的时候，我会准备妥当，把雪橇套在你们身上的。”

弗罗西和戈罗西是两头很聪明的小鹿，它们一直都盼着见识见识大千世界，所以它们欢喜地穿过冰天雪地，询问兽神克努克自己能不能带着克劳斯赶路。

这时候呀，那位玩具师傅匆匆动手，用木堆里的材料做了一副雪橇。他做了两根前端向上翘起的长长滑板，又在两根滑板之间钉了一块短短的木板做连接。雪橇很快就做好了，不过样子太简陋，要多粗糙就有多粗糙。

挽具做起来可就难多了，不过克劳斯把绳索绕在一起打了个结，做成领圈的样子，以便套在小鹿的脖子上。他又在领圈上系了另外一些绳索，好把雪橇前端与小鹿拴在一起。

克劳斯还没做完，戈罗西和弗罗西就从森林里回来了。克努克准许它们和克劳斯一起旅行，只要能在第二天黎明前赶回来就行。

"时间不算太宽裕，"弗罗西说，"不过我们很健壮，跑得也很快，如果我们今晚就出发，夜里能跑上好多路呢。"

克劳斯决心试一试，于是急忙准备起来。不一会儿，他就把领圈套在小鹿的脖子上，又把简陋的雪橇拴在它们身上。然后，他在雪橇板上放了张凳子，好让自己能坐在上面，又在袋子里塞满最漂亮的玩具。

"你要怎么掌握方向呢？"戈罗西问道，"除了来你的

小屋，我们以前从没踏出过森林半步，所以我们可不认得路。"

克劳斯想了一会儿，然后又拿来了些绳索，在每只鹿的犄角上各系了一条——一条系在左边，一条系在右边。

"那就是我的缰绳，"克劳斯说，"我往哪边拽，你们就朝哪个方向走。如果我不拉动缰绳，你们就笔直往前跑。"

"好极了！"戈罗西和弗罗西回答。然后它们问道："你准备好了吗？"

克劳斯坐在凳子上，把装玩具的包裹放在脚边，然后收起缰绳。

"都准备好了！"他喊道，"我们出发吧！"

小鹿身子前倾、撒开四条修长的腿跑了起来，雪橇瞬间就从结了冰的积雪上掠过。小鹿跑得那么快让克劳斯大吃一惊，没跑几步，他们就穿过了欢笑谷，在宽阔的田野上疾驰而过。

他们出发的时候，夜幕正慢慢降临，因为就算克劳斯干得再快，要都准备停当也花了好几个钟头。不过，有皎洁的月光指路，克劳斯很快就觉得晚上旅行就和白天旅行一样愉快。

　　鹿儿比克劳斯还要喜欢在晚上旅行，因为它们尽管想去外面见识见识，但还是害怕遇到人类。可是这会儿呀，所有住在镇子上、农庄里的人都睡得沉沉的，根本不会瞧见它们。

　　它们跑呀跑呀，越过山丘，经过山谷，穿过田野，最后来到一座克劳斯从没去过的村庄。

　　他让鹿儿停了下来，它们立即遵命。可是现在又遇到了新问题——大伙儿睡觉的时候，都把屋门给锁住了，克劳斯发现自己没法进屋留下玩具。

　　"朋友们，恐怕我们白跑了一趟，"他说，"我不得不把玩具再搬回去，而不是把它们送给村子里的孩子。"

　　"这是怎么回事？"弗罗西问道。

　　"屋门都锁住了，"克劳斯答道，"我进不去。"

　　戈罗西瞧了瞧屋子。这座村子里雪积得很深，克劳斯一行跟前就有一个屋顶，比雪橇高不了多少。屋顶尖上有一根宽宽的烟囱，在戈罗西看来呀，这烟囱宽得足够克劳斯爬进去。

　　"你为什么不从烟囱里爬下去？"戈罗西问道。

　　克劳斯瞧瞧烟囱。

克劳斯第一次和驯鹿旅行

"要是我在屋顶上的话，那可就好办多了。"他答道。

"那么抓紧了，我们带你上屋顶。"鹿儿说着跳上屋顶，停在大烟囱旁边。

"太好了！"克劳斯满意地喊道，他把装玩具的袋子甩到肩上，钻进了烟囱。

烟囱的砖头上积了好多烟灰，不过克劳斯才不在乎呢。他用双手和双膝抵着烟囱壁往下爬，最后爬到了壁炉里头。壁炉里的木炭还在微微燃烧，克劳斯轻轻地跳了过去，发现自己身处一间宽敞的客厅，厅里燃着一盏灯，光线微弱。

客厅里有两扇通往小房间的门，一个小房间里头躺着一个女人，她身边的婴儿床里有一个小宝宝。

克劳斯笑了起来，不过他怕吵醒宝宝，所以没有笑出声。然后他悄悄地从袋子里拿出一只大洋娃娃放在婴儿床里。小宝宝露出笑脸，仿佛梦到自己第二天早上会发现一个漂亮的玩具。克劳斯蹑手蹑脚地走出小房间，进了另一扇门。

这间屋子里住着两个小男孩儿，他们搂着彼此的脖子睡得正酣。克劳斯慈爱地瞧了他们一会儿，然后在床上放了一只小鼓、两只喇叭，还有一只木头大象。

克劳斯在这间屋子该做的都做完了，他没有耽搁，又从烟囱里爬了出去，坐在雪橇上。

"你们能再找到一根烟囱吗？"他问小鹿。

"容易得很。"戈罗西和弗罗西回答道。

它们跑向屋顶边，然后马不停蹄地一跃而起，跳到了旁边那栋屋子的屋顶上，那上面矗立着一根巨大的旧式烟囱。

"这次可别花那么长时间了，"弗罗西请求道，"不然我们是永远都没法在黎明前赶回森林的。"

克劳斯又顺着这根烟囱爬了下去，他发现屋子里睡着五个孩子，于是很快给每个孩子都留了玩具。

等他回来了，鹿儿又跳到了下一座屋顶。克劳斯爬下烟囱，却发现这家压根儿没有孩子。这种情形在这儿可不多见，所以他拜访没有孩子的可怜人家时，花的时间比你们能想到的还要少。

克劳斯爬遍了村里家家户户的烟囱，给每个熟睡的孩子都留了玩具。做完这些之后，他发现自己的大袋子只空了一小半。

"前进吧，朋友们！"他对鹿儿喊道，"我们得再找一座村子。"

尽管早就过了午夜，他们还是向前疾驰，眨眼间就来到了一座大城市。自从克劳斯开始做玩具起，他还没到过那么大的地方呢。不过，那么多房子也没有吓倒克劳斯，他立刻开始行动，美丽的小鹿带着他飞快地抵达一座座屋顶，它们跳起来轻快敏捷，只有那些最高的屋顶才上不去。

最后，袋子里的玩具送完了，克劳斯坐在雪橇上，把空空如也的袋子放在脚边，指挥戈罗西和弗罗西掉头往回赶。

不一会儿，弗罗西问道："天上那道灰色的条纹是什么？"

"就快破晓了。"克劳斯答道。他发现已经那么晚了，大吃了一惊。

"我的老天！"戈罗西叫了起来，"那我们就没法在黎明前赶回去了，兽神克努克会惩罚我们，而且再也不放我们出去的。"

"我们得以最快的速度冲向欢笑谷，"弗罗西说，"克劳斯朋友，你可要抓紧了！"

克劳斯紧紧抓着缰绳，雪橇顷刻之间就在雪地上飞驰起来。树木在他身边闪过，他根本就看不清楚。他们翻山越岭，

像离弦之箭一样向前飞奔。为了不让北风吹到眼睛里，克劳斯闭上双眼，任由鹿儿自己赶路。

克劳斯觉得他们好像跳到了空中，不过他一点儿都不害怕。兽神克努克是严厉的主人，他们的命令不管怎么样都必须遵从，而且随着时间的推移，天空中那道灰色的条纹正变得越来越亮。

最后，雪橇突然停了下来，克劳斯毫无准备，从座位上摔到了雪堆里。等他站起来的时候，只听鹿儿喊道：

"快！快！朋友！快割断挽具！"

克劳斯抽出小刀，迅速割断绳索，然后他揉了揉眼睛里的雪花，四下张望。

他发现，雪橇停下的地方离自己的家门只有几尺远。东面的天色已经发亮，他扭头朝波兹森林的边上望去，看到戈罗西和弗罗西正消失在林间。

圣诞老人

克劳斯觉得，所有孩子第二天早上醒来发现床边的玩具时，压根不会知道这是从哪儿来的。不过善举总会招来名气，克劳斯声名鹊起，盛名远播，千里之外，到处都有人说起他和他送给孩子们的奇妙玩具。有些自私自利的家伙对克劳斯慷慨贴心的举动冷嘲热讽，可就算是这些人，也不得不承认，他心地善良、一心一意要让无助的人类小家伙们高兴，很值得尊敬。

所以呀，每一座城市、每一片村子里的居民都眼巴巴地盼着克劳斯能来；大人会和孩子讲起那些漂亮玩具的传奇故事，让他们心甘情愿地耐心等待。

就在克劳斯驾着小鹿送完礼物的第二天早上，小家伙们手里拿着他们发现的漂亮玩具，跑到爸爸妈妈那儿，问他们这些玩具是从哪儿来的。爸爸妈妈众口一词地回答道："一定是好心的克劳斯来过了，亲爱的；这世上呀，只有他有玩具。"

"可他是怎么进来的呀？"孩子们问道。

听到这个问题，当爸爸的都摇摇脑袋，因为他们自己也不知道克劳斯是怎么进来的；不过当妈妈的就会瞧着自家宝贝高兴的脸蛋儿，轻轻地告诉他们，好心的克劳斯不是凡人，肯定是位圣者。克劳斯赐予孩子们欢乐，那些爸爸妈妈因此都虔诚地赞美他的名字。

"圣者要是乐意呀，"一位妈妈低头说，"用不着开锁就能进咱们家。"

后来，要是某个孩子淘气不听话了，妈妈就会说："你得恳求好心的圣诞老人①原谅。他可不喜欢淘气包，要是你不改过的话，他就不会再送漂亮的玩具给你了。"

---

① 圣·克劳斯（Santa Claus）是圣诞老人的英文名字，但因为他在圣诞节前夜给小朋友送玩具，所以中国的小朋友们都叫他"圣诞老人"。——译注

　　不过，圣诞老人自己可不太赞成这种说法。他之所以送玩具给孩子们，是因为他们弱小无助，也因为他很爱孩子。圣诞老人知道，最乖的孩子偶尔也会调皮，淘气的孩子经常会很乖。全世界的孩子都是这样，他不会改变孩子们的天性——就算自己做得到他也不会这么做。

　　就这样，我们的克劳斯变成了圣诞老人。他做的善事足以让任何人把他铭记在心，奉为圣徒。

平安夜

克劳斯驾着戈罗西和弗罗西星夜兼程赶回来的那天，又遇到了新麻烦。掌管群鹿的克努克来了，他面色阴沉、怒气冲冲，抱怨克劳斯违背自己的命令，弄得戈罗西和弗罗西天亮以后才回去。

"但那时才天亮不久。"克劳斯说。

"晚了一分钟，"威尔答道，"这和晚了一个小时同样糟糕。我要把蜇虫放出来咬戈罗西和弗罗西，它们要为违抗命令吃点苦头。"

"别这么做！"克劳斯央求道，"那是我的错。"

可是威尔不听任何解释，他满腹怨言、嘟嘟囔囔，怒气冲冲地走了。

克劳斯为此前往森林，询问妮赛尔怎么才能让善良的小鹿免遭责罚。他惊喜地发现，老朋友树圣正端坐在一群仙女中间。

阿克听克劳斯讲了夜里看望孩子的经过，听他讲了小鹿是怎么帮了大忙，拉着雪橇在结冰的积雪上飞奔的。

"我真不希望我的朋友受到责罚，要是我能搭救它们的话，"这位玩具师傅讲完事情的经过，又接着说道，"它们只晚了一分钟，而且它们跑得比鸟儿飞得还快，就想在天亮前赶回家。"

阿克若有所思地摸了摸胡子，派人叫来了兽神克努克王子，王子统治着所有住在波兹森林的兽神克努克臣民。阿克还派人叫来了精灵女王和花仙王子。

等所有人都到齐了，克劳斯遵从阿克的吩咐，把自己的经历又讲了一遍。然后，树圣对兽神克努克王子说道：

"克劳斯在人类中践行的善举理应得到每位正派神明的支持。有些地方的居民已经称他为圣者了，要不了多久，圣诞老人的名声会传遍每家每户，这些家庭的孩子都是受到上天祝福的。而且，他是我们的森林之子，我们应该给

予他鼓励。掌管兽神克努克的王子哟，你与克劳斯相识已久，我们理应对他友善相待，这话有没有说错呢？"

王子和所有兽神克努克一样，长得歪歪扭扭、模样暴躁，他盯着脚下的枯叶咕哝道："你是这世上的树圣！"

阿克露出了笑容，语气柔和地接着说道："似乎你的臣民所守护的鹿群能给克劳斯帮上大忙，而且鉴于它们似乎很乐意替他拉雪橇，我恳请你允许克劳斯能随时请它们帮忙。"

兽神克努克王子没有回答，只是用矛尖轻轻拍打卷起来的鞋尖儿，好像在思忖着什么。

然后，精灵女王对他这么说道："如果你答应阿克的要求，那么我会照看鹿群，让它们在离开森林的时候免受伤害。"

花仙王子也说道："至于我，每只帮助克劳斯的小鹿都将享有特权——它们能吃到我种的大力草，吃了之后会力大无穷；它们能享用我栽的健骨草，吃了之后会跑得飞快；它们还能品尝我培育的万灵草，吃了之后能长生不老。"

泽琳女王接着说道："为克劳斯拉雪橇的鹿儿可以在森林里的纳利斯之泉中洗澡，它们会皮毛光洁，美丽异常。"

兽神克努克王子听了三人的许诺，不安地在座位上换了个姿势。其他神灵的请求太不寻常了，而且兽神克努克又不太习惯帮别人忙，可兽神克努克王子打心眼儿里不想拒绝其他神灵的请求。最后，他转身对仆人说道："把威尔叫来。"

傲慢的威尔来了，他听了众神的请求后大声抗议，不愿遵命。

"鹿就是鹿，"他说，"可不是什么别的动物。它们要是马，那就该像马一样套上挽具。但是没人给鹿套上过挽具，因为它们天性自由，在野外生活，不用为人类做任何事。就算克劳斯是众神的朋友，他也只不过是个凡人，要是我的鹿群为他卖力，那可有失体面。"

"你们都听到了吧，"兽神克努克王子对阿克说道，"威尔讲的也有道理。"

"把戈罗西和弗罗西叫来吧。"树圣回答道。

两只小鹿被带了过来，阿克询问它们是否愿意为克劳斯拉雪橇。

"愿意，当然愿意！"戈罗西答道，"我们很喜欢那趟旅行。"

"而且我们尽量在天亮前赶回来，"弗罗西接着说，"只可惜晚了一分钟。"

"晚了一分钟没关系，"阿克说，"你们耽搁的事就不再追究了。"

"只要下不为例，这次就原谅你们。"兽神克努克王子严厉地说。

"那么，您准许它们再和我一起旅行吗？"克劳斯急切地问。

威尔一副愁眉不展的模样，树圣则一脸笑盈盈的。王子看看威尔，又看看树圣，陷入了沉思。

然后他站了起来，对所有人说道：

"既然你们都催我行个方便，那我就允许小鹿每年平安夜的时候，和克劳斯去旅行一次，只要它们能在天亮前回到森林就行。克劳斯想挑几只拉雪橇就挑几只，不过最多不能超过十只。我们将称它们为"驯鹿"，以便和其他鹿群有所区别。它们能沐浴纳利斯之泉的泉水，能享用大力草、健骨草和万灵草，并且受到精灵女王的特别保护。好了，威尔，别再闷闷不乐了，照我说的做。"

王子说完这番话，很快就披荆斩棘地穿过树林，以免克劳斯向他表示谢意，也免得众神纷纷表达赞许之情。威尔跟着王子走了，他看上去还是和以前一样怒气冲冲。

不过阿克相当满意。虽然王子答应得不情不愿，但他知道这个许诺值得信赖。戈罗西和弗罗西蹦蹦跳跳地回家去了，它们高兴得呀，每跑一步，蹄子就踢一下。

"平安夜是什么时候？"克劳斯问树圣。

"还有十天。"他回答道。

"那今年我就用不到小鹿了，"克劳斯若有所思地说道，"我还来不及做上满满一袋玩具。"

"兽神克努克王子很精明，他已经预见到了这一点，"阿克回答，"他知道你会浪费一整年，所以把你可能会用到鹿群的那天指定在平安夜。"

"要是阿格沃从我这儿偷走的玩具还在，"克劳斯沮丧地说，"我很容易就能把给孩子们的礼物袋装满了。"

"那些玩具在哪儿？"树圣问道。

"我不知道，"克劳斯回答，"坏蛋阿格沃八成是把它们藏在山里了。"

阿克转身对精灵女王说："你能找到吗？"

"我试试。"她清脆地回答道。

于是，克劳斯回到欢笑谷，尽最大的努力干活儿，而一群小精灵立刻飞到阿格沃以前出没的山里，寻找被偷掉的玩具。

我们都知道小精灵法力高强，可是狡猾的阿格沃把玩具藏在一个很深的山洞里，还在入口的地方盖上了岩石，让谁都不能往山洞里看。所以呀，小精灵找了好几天还是一无所获。克劳斯则坐在家门口等消息，对平安夜前把玩具找回来这事儿，他都快没信心了。

克劳斯每时每刻都在努力干活，可是要把每个玩具刻出形状，还要涂上好看的颜色，得花好长时间。所以，到了平安夜前一天的早晨，窗前的小架子上，为孩子们准备的玩具只摆满了一半。

不过，就是那天早上，在山里头找寻玩具的小精灵有了个新主意。他们手拉着手排成一排，从山顶穿过层层岩石往下寻觅，这么一来，就没有一个地方能逃过他们雪亮的眼睛了。最后，他们终于发现了坏蛋阿格沃堆玩具的那个山洞。

他们没费多少工夫就撞开了山洞的入口，每个小精灵都尽可能多拿了一些玩具，然后它们一起飞到克劳斯身边，把这些宝贝放在他面前。

善良的人在出发前一刻收到这些玩具真是高兴极了，这样他就能把雪橇都装满了。于是，他捎信给戈罗西和弗罗西，让它们傍晚就为出发做好准备。

虽然克劳斯忙着做玩具，但自打上次旅行回来之后，他还是花时间修整了挽具，又把雪橇加固得更为结实。傍晚时分，小鹿来了，克劳斯毫不费力地就给它们套上了挽具。

"今晚我们得朝另一个方向走，"克劳斯对小鹿说，"到一个我从来都没去过的地方给孩子们送礼物。我们得跑快点儿，送得快些，袋子里装了好多玩具，满得都快掉出来了！"

于是，月亮刚一升起，他们就离开欢笑谷，穿过田野，越过山丘，一路往南疾驰。空气寒冷凛冽，雪花在星光下闪闪发亮，宛如无数颗钻石。驯鹿步伐有力，稳稳地向前飞奔；克劳斯的心情可畅快了，他又是笑又是唱的，任由北风在耳旁呼啸。

呵！呵！呵！

哈！哈！哈！

呵！呵！哈！哈！嘿！

冰天雪地不打紧，

我们飞奔朝前进！

冰霜杰克听到歌声，急忙举着捏人的钳子赶来。不过，他发现唱歌的是克劳斯之后，不由得哈哈大笑，又转身走了。

克劳斯经过一片森林，猫头鹰妈妈听到他的歌声后，从树干上的洞里探出脑袋；它们发现唱歌的人是谁之后，就轻声告诉蜷在身边的小猫头鹰，那个是圣诞老人，他正给孩子们送玩具呢。那些猫头鹰妈妈知道那么多事儿，可真奇怪啊！

克劳斯在几家零星散布的农舍前停了下来，他爬进烟囱，给小宝贝们留了玩具。不一会儿，他又到了一座村庄，兴高采烈地给熟睡的小家伙们分发玩具，足足花了一个钟头。然后，他唱着欢快的歌谣，继续往前赶路：

遍地积雪亮晶晶，

驯鹿脚步快又轻，

我们飞奔朝前进！

满载玩具沉甸甸，

挨家挨户都送遍，

男孩女孩笑开颜！

驯鹿可喜欢克劳斯低沉浑厚的嗓音了，它们在硬邦邦的雪地上踩出的蹄声，刚好能为歌声打出节拍。不过，它们很快就在另一根烟囱前停了下来。圣诞老人的眼睛闪闪发亮，脸庞被北风吹得通红，他顺着烟熏过的地方爬进烟囱，给屋子里的每个孩子都留了一份礼物。

那天晚上真快活。驯鹿跑得飞快，车夫忙着爬上爬下，给熟睡的孩子分发礼物。

装礼物的袋子终于空空如也了，雪橇掉了个方向往回赶，和黎明的赛跑又开始了。戈罗西和弗罗西可不想因为迟到再次受到责罚——一秒钟都不行，于是它们撒腿飞奔，跑得呀比冰霜大王骑的北风都快。不一会儿，他们一行就回到了欢笑谷。

克劳斯刚把挽具从驯鹿身上拿开，东边的天空就泛起

了鱼肚白，不过等天大亮的时候，戈罗西和弗罗西早就钻到森林里去了。

克劳斯忙活了一整夜，真是累坏了，他一头栽到床上，沉沉地睡去。圣诞节的太阳升上天空，千百户幸福的人家沐浴在阳光中。孩子们用欢笑声向大伙儿宣告圣诞老人来看过他们了。

上帝保佑克劳斯！他的第一个平安夜就这样过去了。自打那时候起，克劳斯就一直为小朋友带去欢乐，几百年来，他都高尚地践行了这一使命。

壁炉旁边第一次挂起了长筒袜

你应该还记得，在圣诞老人到处旅行以前，没有一个孩子品尝过拥有玩具的快乐。这么一来，你就能明白，这个好心人造访过的人家有多么欣喜，也能明白大伙儿是如何日复一日满怀爱意、满心感激地说起他的善举。人们经常会把勇猛的战士、伟大的国王、睿智的学者挂在嘴边，这千真万确，但没有人像圣诞老人那样深受爱戴，因为他们都不像圣诞老人那样无私奉献，一心一意要让别人幸福。伟大的战斗也好，国王的法令也罢，即便还有学者的著作，都比不上慷慨的举动更能流芳百世。慷慨善举在万物身上都留下烙印，世代永存。

因为和兽神克努克王子之间有了这样的约定，克劳斯的计划后来就发生了改变。鉴于每年只有一个晚上能让驯鹿驾车，克劳斯就决定，其他的日子都用来专心致志地做玩具。到了平安夜，他就把这些玩具送到世界各地的小朋友手中。

不过克劳斯知道，一年的工夫能做出好多好多玩具，于是他决定再做一副更大更结实的雪橇，好比原来那副笨重的旧雪橇跑得更快。

首先，他去拜访了土地之王，用三只玩具鼓、一只玩具喇叭和两只洋娃娃换来一对用上好的钢材做成的雪橇板，滑板顶端弯出漂亮的弧度。土地之王自己就有孩子，他们住在地底下，周围都是煤矿山洞，需要一点儿用来消遣的玩意儿。

不出三天，钢质的雪橇板就做好了，克劳斯把玩具呈给土地之王。大王相当高兴，不仅给了克劳斯雪橇板，还送了他一串声音甜美的雪橇铃铛。

"戈罗西和弗罗西一定会很开心的，"克劳斯边说边拨弄铃铛，聆听它们发出的欢快声响，"不过我想要两串儿铃铛，一只小鹿一串儿。"

"再给我带一只玩具喇叭和一只玩具猫咪来，"国王答道，"你就能拿到一串一模一样的铃铛了。"

"一言为定！"克劳斯大声说道，然后又回家做玩具去了。

新雪橇做得可花心思了，兽神克努克送来好多结实的薄木板供克劳斯造雪橇。他做了一个高高的、圆圆的挡板，好挡住驯鹿飞奔时踢起来的积雪；他又在座位四周围上高高的木板，好把许许多多玩具都装在里头；最后呀，他把雪橇安到了土地之王制作的细长的钢板上。

这副雪橇真漂亮，又长又宽。虽然午夜旅行时没人能看到，但克劳斯还是给雪橇刷上了鲜艳的颜色。完工以后，他捎信给戈罗西和弗罗西，让它们过来瞧瞧。

驯鹿见了新雪橇后赞不绝口，可是它们严肃地推断说，这副雪橇太大太重，自己拉不动。

"当然，我们也许能拉着它在雪地上走，"戈罗西说，"但我们跑不快，没法到很远很远的城市和村庄，也没法在天亮前赶回森林。"

"那我得再要两只驯鹿来。"克劳斯思忖了一会儿之后宣布。

"兽神克努克王子允许你最多用十头驯鹿呢，为什么不

都要来呢？"弗罗西问，"这样我们就能跑得像闪电一样快，不费吹灰之力就能跳上最高的屋顶。"

"十头驯鹿组成的队伍！"克劳斯高兴地喊了起来，"那真是太好了！请你们立刻回到森林里，尽量再选八只和你们一样的驯鹿来。你们都得吃点儿大力草，尝点儿健骨草，再啃上几口万灵草，好变得结实些、跑得快些、活得久些，陪我经历各种旅程。而且你们得在纳利斯之泉里沐浴，美丽的泽琳女王说，这么一来，你们就会变得异常美丽。要是你们认认真真地做完这些事，那么到了明年的平安夜，我的十头驯鹿毫无疑问将是世上最强壮、最美丽的！"

于是，戈罗西和弗罗西跑回森林挑选同伴，克劳斯则开始考虑如何为十只驯鹿准备一副大挽具。

最后，他唤来克努克帮忙，因为彼得的模样有多歪歪扭扭，他的心肠就有多亲切善良，而且呀，他还机灵着呢。彼得同意给克劳斯准备做挽具用的坚韧皮带。

做皮带用的都是狮子皮。那些狮子上了年纪之后自然死亡，它们的皮就被割了下来做成皮带。皮带的一头是狮子黄褐色的毛发，另一头则被灵巧的兽神克努克做得像天鹅绒一样柔软。克劳斯收到皮带以后，把它们整整齐齐地缝在一起，做成一个能给十只驯鹿用的挽具，这个挽具呀又结实又好用，陪了他好多年呢。

　　克劳斯每天都把最多的时间用来做玩具，挽具和雪橇都是他利用零零星星的时间做的。众神都不时造访克劳斯的小屋，看他干活，给他建议，所以新挽具和新雪橇比第一次做出来的好多了。妮赛尔想到要让有些洋娃娃开口说"爸爸、妈妈"；兽神克努克想到要在玩具小羊里头放一个发声装置，孩子们一捏起来，玩具就会"咩咩咩"地叫唤；精灵女王则建议克劳斯在玩具小鸟里头放枚小哨子，在玩具小马脚下安上轮子。这样小鸟就能歌唱，孩子们就能拖着小马走来走去。森林里有许多动物因为这样那样的原因去世了，它们留下的皮毛也被送到了克劳斯这儿。这么一来，他就能在做好的百兽玩具外面附一层毛皮。一位快乐的花仙建议克劳斯做一只会点头的毛驴，克劳斯照着做了一个，然后他发现这头玩具毛驴逗得小朋友哈哈大笑。就这样，日子一天天过去，克劳斯做的玩具越来越好看，也越来越有趣，就连众神见了都惊叹不已。

　　又一个平安夜就快到了，一大堆漂亮的礼物正等着装上大大的雪橇车，送到孩子们手中。克劳斯装了满满三大

袋，而且雪橇车的每个角落都塞满了玩具。

傍晚时分，十头驯鹿都来了。弗罗西为克劳斯一一介绍。这些驯鹿的名字分别是：急性子和慢性子、没头脑和没斑点、大无畏和小无双、准备者和稳定者，当然还有戈罗西和弗罗西。它们四肢修长、犄角饱满，眼睛宛如黑丝绒一般，光滑的浅黄色毛皮上点缀着白色的斑点，长得相当美丽。数百年来，它们一直伴着慷慨的主人游遍世界各地。

克劳斯立刻就喜欢上了它们，而且打那以后呀，他越来越喜欢这些驯鹿，因为它们无比忠诚，而且它们的帮助是无价之宝。

新挽具做得可合适了，鹿儿很快就被两两套在了雪橇上，戈罗西和弗罗西系着雪橇铃铛站在最前面。铃铛发出的悦耳声音让戈罗西、弗罗西非常高兴，它们俩跳呀、蹦呀，让铃铛一直叮当作响。

克劳斯坐在雪橇车里，暖和的长袍盖过膝盖，皮帽子遮住耳朵。他甩了甩长长的鞭子，发出出发的信号。

十头驯鹿瞬时一跃而起，跑得像风一样快。快活的克劳斯看着它们飞奔，便开怀大笑，他情真意切地高声唱了起来：

呵！呵！呵！

哈！哈！哈！

呵！呵！哈！哈！嘿！

冰天雪地不打紧，

我们飞奔向前进！

满载玩具乐无尽，

小朋友们都知悉。

肆意飞奔黑夜里，

分发玩具遍各地，

絮絮雪花好晶莹！

就在那年平安夜，奈德表弟和萨拉表妹去小玛格特家做客。他们三个同玛格特的弟弟迪克一起，刚刚堆完雪人回家。四个小家伙衣服都潮了，戴着的手套还在往下滴水，鞋子和长袜都湿透了。玛格特的妈妈知道积雪正在融化，所以没有责备他们，不过她早早儿地让孩子们上床睡觉，好把他们的衣服搭在椅子上晾干。鞋子就摆在壁炉上方的红色砖头上，炙热的炉火能把热量传到鞋子里头；长筒袜则小心翼翼地在壁炉旁边挂成了一排，就悬在炉火上面。所

以那天晚上，全家人都陷入梦乡的时候，圣诞老人一从烟囱里爬下来就注意到了那些长袜子。他很赶时间，发现那些袜子都是孩子们的之后，他很快就在里头塞上玩具，然后急忙从原路返回。他突然出现在屋顶的时候呀，驯鹿都因为他那么迅速而大吃一惊。

"要是他们都把袜子挂起来就好了，"抵达下一根烟囱的时候圣诞老人心想，"这能省下好多时间，天亮前我就能多看些孩子了。"

玛格特、迪克、奈德和萨拉第二天早上跳下床，跑到楼下从壁炉上面拿袜子的时候，发现了圣诞老人塞在里头的玩具，他们真是欣喜若狂。事实上，我想他们在袜子里头发现的玩具呀，比住在城里的其他孩子收到的都要多，因为圣诞老人太匆忙了，都没来得及数上一数。

当然咯，他们把这件事告诉了小伙伴们，于是所有的孩子都下定决心，要在来年的平安夜把袜子挂在壁炉上。快活的贝茜那时正好跟着自己的父亲——就是那位高贵的勒德老爷来访，她也从孩子们那儿听到了这个故事。于是，贝茜回家后，也在圣诞节期间把自己漂亮的长袜子挂在壁炉边上。

十头驯鹿拉着雪橇车

等到下一次旅行的时候，圣诞老人发现大伙儿都盼着他来，所以都在屋子里挂上了袜子。他很快就能把袜子装满然后离开，比以前先找到孩子，然后把礼物放在他们床边要少用一半时间。

就这样，挂袜子的传统一年一年地传了下去，一直都给圣诞老人帮了大忙。他要看望那么多孩子，我们当然得齐心协力地尽量帮助他。

第一棵圣诞树

克劳斯一直信守诺言，在天亮前回到欢笑谷。不过，圣诞老人满世界旅行，要不是因为驯鹿跑得飞快，他可做不到这一点。

他很喜欢这份工作，也很喜欢在凛冽的冬夜赶着雪橇，听着欢快清脆的铃铛声。圣诞老人第一次赶着十只驯鹿旅行的时候，只有戈罗西和弗罗西系着铃铛。不过打那之后的八年里，克劳斯每年都会给土地之王的孩子带去礼物，每去一次，和蔼的国王就会送给他一串铃铛作为回报。到了最后，十只驯鹿都系上了铃铛。想象一下，雪橇在雪地上疾驰而过的时候，铃铛会发出多么动听的声响呀。

孩子们的袜子可真长，里头要塞好些个玩具才能装满。克劳斯很快就发现，孩子们不只喜欢玩具，还喜欢其他玩意儿。于是他拜托自己的好朋友小精灵前往热带，让他们从那里的树上摘下橘子、香蕉，满满地装了好大的袋子捎回来；还有些小精灵飞到了奇妙的开心谷，那里的灌木丛上密密匝匝地结了一大堆好吃的糖果和棒棒糖，那些小精灵回来的时候呀，给小家伙们带了好多盒糖果蜜饯。每年平安夜，圣诞老人就把这些好吃的和玩具一起塞在长长的袜子里，毫无疑问，孩子们收到这些礼物非常高兴。

有些国家很暖和，冬天不会下雪，不过克劳斯的雪橇滑板里装着小轮子，雪橇车在光秃秃的地面上滑起来的时候，就和在雪地上一样快，所以呀，靠近欢笑谷的地方也好，暖和的国家也罢，孩子们都知道克劳斯的大名。

有一次，驯鹿正准备开始一年一度的旅行，一个小精灵跑来告诉克劳斯，有三个小朋友住在一顶简陋的帐篷里，帐篷是用兽皮搭成的，支在一片连一棵树都没有的宽阔田野上。小家伙们的爸爸妈妈都是粗心大意的人，他们疏于照顾，小家伙们一点儿都不开心，过得好不可怜。于是，克劳斯决定在回家前看望他们。沿途有一棵松树茂密的顶部被风吹断了，克劳斯就把断掉的枝干捡起来放在雪橇车上。

驯鹿停在孤零零的兽皮帐篷跟前时，天都快亮了，孩子们还在熟睡。克劳斯马上把折断的松树插在土里，在树枝上放了好多支蜡烛。然后，他把最漂亮的玩具挂在树上，还挂了几袋蜡烛。圣诞老人干得可快了，这些事可没花多少时间。一切准备就绪以后，他点起蜡烛，探头朝帐篷里喊道：

"圣诞快乐，小家伙们！"

话音刚落，他就跳上雪橇消失不见了。孩子们揉着惺忪睡眼，都还来不及出去看看是谁在跟他们说话呢。

你能想象小家伙们有多吃惊、多欣喜了吧，他们自出生后还从没尝过快乐的滋味呢。松树的枝叶间烛光摇曳，在灰白的天色里闪闪发亮，树上还挂着好多玩具，够他们开心地玩上一整年！他们手拉手围着松树跳起舞来，又是叫又是笑的，到气都喘不过来了才停下。爸爸妈妈也出来了，他们见了这景象也很是惊奇。因为圣诞老人送了那么漂亮的礼物向小家伙们致意，所以打那以后呀，爸爸妈妈对孩子们也多了几分关心和尊重。

三个孩子围着圣诞树跳舞

克劳斯对圣诞树的主意相当得意，于是到了第二年，他在雪橇车上装了好多圣诞树，把它们摆在穷人家的门口。这些穷人呀，都不太见得到大树。圣诞老人还在树枝间挂上蜡烛和玩具。当然啦，他没法一次就为所有有需要的人捎去圣诞树，不过有些人家的爸爸已经弄来了圣诞树，把一切都准备妥当了。圣诞老人赶到以后，就会尽可能地把这些圣诞树装扮得漂漂亮亮，他还会挂上好多玩具，每个来看圣诞树的小朋友都能拿到。

这些新奇的点子和慷慨的举动让孩子们一直都盼着每年的平安夜，因为他们的朋友圣诞老人会在那天夜里看望他们。孩子们总是想着圣诞老人下次来的时候会有什么惊喜，这份期待让人无比喜悦，也给他们带去了许多慰藉。

也许你还记得凶巴巴的布劳恩男爵吧，就是曾把克劳斯赶出城堡，不准他看望自己的孩子的那位。哎呀！过了好多年，老男爵去世了，他的儿子接管了城堡。新任的布劳恩男爵带着一众骑士、侍从和亲信来到克劳斯的住处，他翻身下马，恭恭敬敬地给孩子们的朋友鞠了个躬。

"我的父亲不明白您有多善良、多高贵，"他说，"所以才威胁要把你吊在城墙上。不过我自己也有儿女，他们都

盼着圣诞老人能去看他们呢，我此行就是想恳请你，从今以后也能像喜欢其他孩子一样喜欢他们。"

克劳斯听了这番话相当满意，因为只有布劳恩堡他从来不去，他欣然答应第二年圣诞节前夜就给男爵的孩子们带去礼物。

男爵心满意足地走了，克劳斯则信守了自己的诺言。

就这样，他凭借一副善良的心肠征服了所有人。在这世上，没有一户人家不热烈欢迎他的到来，那架势可比接待国王还要隆重，难怪他永远都那么开心快活了。

第三部分

老年时期

永生斗篷

现在，我们要说说圣诞老人事业的转折点，我责无旁贷，要为你们讲述从创世之初、人类诞生之日起，世上所发生的最不平凡的事情。

我们已经了解了克劳斯的生活轨迹：当他还是个无助的婴儿的时候，森林仙女妮赛尔就发现了他，将他带回波兹大森林抚养成人。我们还知道他是怎样开始为孩子们制作玩具，并在众神的好心帮助下，为世界各地的孩子们分发玩具的。

许多年来，他一直从事着这项高尚的工作；而他自己所选择的这种简单质朴、辛勤工作的生活又让他获得了健康

的身体和巨大的力量。美丽的欢笑谷中没有烦恼，一切都是和平、欢乐的，住在那里的人毫无疑问要比住在世界上其他任何地方的人更为长寿。

然而，岁月流逝，圣诞老人也渐渐变老。曾经布满脸颊的长胡须渐渐由浅棕色变成灰色，最终变得雪白雪白。他的头发也变白了，眼角爬满了皱纹，他一笑起来皱纹清晰可见。他向来个子不高，加上现在身形发胖，走起路来摇摇摆摆，活像只鸭子。尽管如此，他还是和从前一样精力充沛、心情愉快，他的双眼还是和初到欢笑谷那天一样炯炯有神。

然而，每个凡人逐渐衰老、度过此生后，都必将离开人世，去往另一个世界，这种时刻总会来临；难怪圣诞老人驾着驯鹿飞驰了好多好多个平安夜之后，那些忠诚的驯鹿伙伴会窃窃私语，说它们可能再也不能为圣诞老人拉雪橇了。

于是，整座波兹森林陷入了悲伤，欢笑谷则陷入了沉默；因为所有认识克劳斯的生灵都很喜欢他，每当森林里响起他的脚步声或欢快的口哨声，它们都会变得高兴起来。

如今，这位老人不再制作玩具，而是躺在床上，仿佛进入梦乡一般。毫无疑问，他已经耗尽了所有的力气。

曾经身为养母抚养克劳斯成人的妮赛尔仙女仍旧年轻貌美、精力充沛，在她看来，现在这个年老的、胡子花白的老人，不久前还是个躺在她怀里，对着她天真无邪地微笑的婴儿。

这件事就证明了凡人与神灵之间的差异。

幸运的是，树圣阿克在这时来到了森林。妮赛尔神色不安地找到树圣，告诉他克劳斯正受到命运的威胁。

树圣一下子面色凝重起来，他靠着斧头，若有所思地捋着自己灰白的胡子。然后，他突然站起身来，坚定有力地抬起头，伸出有力的右臂，就好像已经下定决心要做一桩了不得的事情。他想到了一个办法，这办法堪称完美，全世界都会为此永远地膜拜他、尊敬他！

众所周知，树圣阿克一旦决定要做什么事，从不会犹豫片刻。于是，他召集了腿脚最快的信使，将他们派往世界多个地方。信使走后，树圣转身安慰忧虑的妮赛尔：

"放宽心，我的孩子；我们的朋友还活着呢。你现在赶紧去找泽琳女王，告诉她我已经召集了世间众神今晚在波兹森林会面。如果他们服从这一命令，并且能倾听我说的

话，那么克劳斯驾着驯鹿而行的年月就会数也数不清。"

午夜时分，古老的波兹大森林上演了令人惊奇的一幕，千百年来，住在世界各地的神界统治者第一次聚在一起。

水神女王来了，她漂亮的身形如水晶一般晶莹清澈，只不过坐在苔藓堆上的时候，不住地往下滴水。睡神之王就坐在她身边，他拿着一支魔杖，从杖尖撒出一些尘土，只要那尘土落在人类的眼睛上，他们就一定会睡着，这么一来，凡人就看不到他了。

睡神之王边上坐着土地之王，他的子民都居住在地下，守护着埋在岩石、矿石中的金银珠宝。土地之王的右手边，站着声魔王，他的脚上生着一对翅膀，而他的手下们能够迅速地传递任何声音。由于人手众多，在繁忙时，他们只在短短的距离之间传递声音；但有些时候，他们会把声音从声源地迅速带到千里之外。声魔王脸上总是一副忧心忡忡的神情，因为大多数人都不顾忌他的子民的感受，发出许多不必要的声音，在这一点上呀，孩子们做得尤其过分；声魔王的子民原本可以更好地工作，可现在却不得不传递这些无关紧要的声音。

接下来的那位是身材瘦削的风魔王，他坐立不安，在一个地方待不到一个小时。他时不时地离开自己的座位，绕着林间空地走来走去，每次他这么做时，精灵女王都得理一理自己飘动的金发，将它们拢到粉红的耳朵后面。她没有抱怨，毕竟风魔王并不怎么到波兹森林深处来，而你们知道，精灵女王的家就在这里。在女王旁边的是光明之王，他的两个儿子——电光王子和暮光王子——就站在他身后。他从未撇下两位王子单独出行过，因为他俩太淘气了，光明之王可不敢让他们独自游荡。

电光王子右手拿着一把闪电弩箭，左手拿着一支装满火药的号角，他明亮的双眼不断扫视四周，一副想要使出炫目之光的样子。暮光王子一手举着一个巨型熄烛器，另一只手拿着一件宽大的黑披风，众所周知，若是没人小心看管暮光王子，他就会用熄烛器和披风将万物笼罩在黑暗之中，而黑暗魔王是光明之王的劲敌。

除了上述神灵之外，还有从位于印度丛林的家赶过来的兽神克努克国王，以及住在巴伦西亚的鲜花硕果之中的花仙国王。甜美的泽琳女王是最后到场的一位神界领袖。

众神围坐成一圈，中间另外坐着三位神灵，他们法力高强，所有的国王和女王都对他们怀有敬畏之情。

一位是统治森林、果园和树丛的树圣——阿克，一位是统治粮田、草地和花园的农神——科恩，还有一位是统治海洋以及所有船只的海王——波。其他神灵或多或少都要受他们三位的约束。

所有神灵都聚在一起后，树圣站起来发表讲话，毕竟是他召集大家来此商讨的。

他向大家清楚地讲述了克劳斯的故事。他从克劳斯还是个婴儿时就被收养为森林之子的事情开始，讲到克劳斯高尚、慷慨的品质，又讲到了他把毕生的精力都放在了让孩子们幸福这件事上。

"现如今，"阿克说，"虽然他赢得了全世界的爱戴，死神却正在他身边徘徊。他比世间任何一个人都更应获得永生，只要有人类的孩子想念克劳斯，会因他的离去而伤心，那么这样的生命就不是多余的。众神是世界的仆人，在创世之初就得以存在，为这个世界服务。但是，克劳斯悉心照料孩子们，我们当中有哪一位比他更值得获得永生呢？"

他停顿了一下，环视一周，发现众神热切地聆听他讲话，纷纷点头表示赞同。最后，一直自顾自地、轻轻吹着口哨的风魔王大声喊道："你想怎么做，阿克？"

"将永生斗篷赠予克劳斯！"阿克豪迈地说道。

众神听了一下子站了起来，他们惊慌失措、面面相觑，然后惊奇地望着阿克。这个要求太出人意料了，毕竟把永生斗篷拱手送人可是件大事儿。

水神女王嗓音低沉清晰，说起话来就像雨滴拍打在玻璃窗上一样。

"可是全世界只有一件永生斗篷啊。"她说。

声魔王接着说道："从创世之日起，就有永生斗篷了，可是还没有凡人胆敢觊觎这件宝物。"

接着，海王站起来，伸伸懒腰，说："只有众神一致投票通过，才能把永生斗篷赠予凡人。"

"这些我都知道。"阿克平静地回答道。"永生斗篷如今依然存在，如你们所说，在创世之初就有永生斗篷了，那也是因为上天知道某天它会派上用场。直到现在，没有凡人配拥有它，但是你们之中又有谁敢否认好心的克劳斯配得上它呢？难道你们不会为他投票，赠予他这件珍宝吗？"

大家都沉默了，仍旧犹疑地面面相觑。

"如果永生斗篷没人穿，那它还有什么用呢？"阿克询问道，"把它永远收在偏僻的神殿，我们又能获得什么好处呢？"

　　"够了！"土地之王突然喊道，"我们就来投一次票，要么同意，要么不同意。反正我同意！"

　　"我也同意！"精灵女王也立刻说道，阿克对她报以微笑。

　　"我在波兹的子民告诉我，他们早已喜欢上克劳斯了；因此我赞成把斗篷送给他。"花仙国王说道。

　　"他早就是兽神克努克的伙伴了，"年老的兽神克努克国王说道，"就让他得到永生吧！"

　　"让他得到永生吧——就这么办吧！"风魔王叹了口气。

　　"为什么要反对呢？"睡神之王反问道，"他从不打扰我手下的睡神赐予人类安眠。就让好心的克劳斯永生吧！"

　　"我也同意！"声魔王说道。

　　"我也是。"水神女王轻声附和。

　　"如果连克劳斯都得不到斗篷，那么显然就没人有资格得到这件宝物了，"光明之王评论道，"所以，我们就一劳永逸地解决这件事情吧。"

　　"森林仙女们最先收养了克劳斯，"泽琳女王说，"我当然赞成他获得永生。"

　　阿克转向农神，农神举起右臂，说了声："同意！"

　　接着，海王也照着做了，阿克见状，眼睛一亮，喜笑颜开，大声呼喊道：

"谢谢你们，神界的同伴们！既然大家全都投票表示'同意'，那么我们亲爱的克劳斯就能得到永生斗篷了！我们有权将斗篷赠予他！"

"那我们赶快把斗篷拿过来吧，"睡神之王说道，"我很着急啊。"

大家点头同意，一眨眼的工夫就把林间空地抛在身后。在半空中悬浮着一间类似于地窖的屋子，它由黄金和白金做成，上面有数不清的宝石散发出柔和的光芒。珍贵的永生斗篷就悬挂在高高的圆顶之下，众神将手放在光彩夺目的斗篷边，异口同声地说：

"我们将此斗篷赠予克劳斯，人们称他为孩子们的守护神！"

话音刚落，斗篷就从高耸的建筑上掉落，众神带着斗篷来到了克劳斯在欢笑谷的家。

当时，死神正蹲在克劳斯的床边，在众神靠近之时，她一跃而起，生气地做了个手势示意他们退后。然而，死神的目光刚落到众神手中的斗篷上，就发出了带有失望的低吟声，然后向后退去，最终永远地消失了。

妮赛尔注视着养子永生的身躯

众神轻轻地将珍贵的斗篷盖在克劳斯身上，斗篷迅速包裹住克劳斯的身体，与他的身体融为一体，渐渐消失不见。就这样，斗篷成了克劳斯的一部分，凡人也好，神仙也罢，都没法儿从他身上拿走斗篷。

之后，做出这一壮举的国王和女王各自回家了，神灵队伍里又多了一位伙伴，因此他们全都心满意足。

克劳斯仍在酣睡，永生的鲜血在他的血管中快速流动；他的眉毛上有一滴小水珠，那是从水神女王永远滴水的长袍上滴下来的；他的嘴唇还留着温柔的亲吻，那是甜美的妮赛尔仙女留下的。当其他神灵走后，她曾偷偷溜进小屋，满怀欣喜地注视着养子永生的身躯。

世界变老了

　　第二天一大早，圣诞老人睁开双眼，环视自己熟悉的房间，他本来害怕自己再也看不到这个房间，结果却惊奇地发现自己又有了往日的力量，又能感受到鲜血在血管中流动，自己的身体十分健康。他跳下床，站在地上，明媚的阳光透着窗户照了进来，他就在这欢快的阳光中沐浴。他不明白到底发生了什么事，让自己再度焕发年轻时的活力，虽然他的胡子还是雪白雪白的，明亮的双眼旁仍布满皱纹，但圣诞老人感觉自己像一个十六岁的少年般活泼开朗，很快地，他就一边心满意足地吹着口哨，一边忙着制作新玩具。

　　之后，阿克来找他，告诉他永生斗篷的事，还提到克劳斯是如何通过他对孩子们的爱来赢得这件斗篷的。

听闻此事，圣诞老人一下子神情凝重起来，他没想到自己如此受欢迎；不过这件事还让他高兴地发现，如今他再也不用担心和可爱的孩子们分开了。于是，他立刻准备制作一大堆既漂亮又有趣的玩具，数量比以往任何一次都多；既然能永远全心全意地从事这份工作，他就决定，只要自己力所能及，就会让世界上每个孩子——无论贫穷或富有——都拥有一份圣诞礼物。

在亲爱的圣诞老人第一次制作玩具，并通过自己友爱的行为赢得永生斗篷之时，世界才刚刚形成。向孩子们传递祝福、给予关爱、赠送漂亮玩具，在他看来一点都不困难。但是，每年都有越来越多的孩子出世，他们长大后，便慢慢走向世界各地，寻找新的家园；因此，圣诞老人发现，自己每年要去的地方距离欢笑谷越来越远，同时，玩具包裹也不得不越装越大。

最终，克劳斯找到神灵伙伴们商量对策，看看怎样做才能跟上孩子数量与日俱增的步伐，不忽视任何一个孩子。众神对克劳斯的工作很有兴趣，于是欣然为他提供援助。阿克将手下克特尔派给克劳斯，克特尔沉默寡言但手脚麻

利；兽神克努克王子把手下皮特尔派给克劳斯，皮特尔虽然模样更难看，却比同类友好很多；花仙王子将手下努特尔派给克劳斯，努特尔是花仙王子认识的脾气最好的花仙；而精灵女王把手下威斯克派给克劳斯，威斯克身材小巧，淘气却不失可爱，他认识的孩子几乎和圣诞老人认识的一样多。

有了这些帮手一同制作玩具、整理房子、保养雪橇和挽具，圣诞老人发现，准备每年的礼物变得容易多了，他就这样顺利地、开心地度过一天又一天。

然而，经过了几个世代，他又有了新的担忧：世上的人越来越多，每年都有更多孩子等着他去看望。若一个国家的城市和乡村都住满人类，人们就会迁徙到另一个地方；在阿克管辖的森林中，人们砍伐树木，使用木材建造新的城市，原本是森林的地方渐渐变成了田地，用来种植粮食、饲养成群的牲畜。

你也许会认为，树圣会因自己的森林蒙受损失而十分反感；但事实并非如此，阿克的智慧伟大而富有远见。

"世界是因人而存在的，"阿克对圣诞老人说道，"我照看森林，只等人类需要用到它们的那一天。我很高兴自己管辖的参天大树可以为人类柔弱的身躯提供庇护，可以在严冬为他们带去温暖。但是我希望他们不要砍掉所有的树木，因为人类在冬天需要烧柴来取暖，在夏天也一样需要树木来遮阴。而且我认为，不管这世界会变得多么拥挤，如果人类不是为了寻找供自己享乐的树荫，或是为了砍倒参天大树，他们是不会来到波兹大森林的，也不会去宏伟的黑森林，或是去树木繁茂的布拉兹原野。"

不久以后，人类利用树干建造船只，漂洋过海后又在远方建造了城市；但是对于圣诞老人来说，海洋几乎没有对他的旅行造成任何影响。他的驯鹿可以在水面上飞驰，就和在平地上奔跑一般迅速，而他的雪橇车从东边驶向西边，紧紧跟在太阳身后。这样一来，在每年的平安夜，当地球慢慢转动的时候，圣诞老人一整天都在绕着地球走，敏捷的驯鹿也越来越喜欢这种奇妙的旅程。

于是，年复一年，世代交替，世纪轮回，世界变老了，人变多了，圣诞老人要做的事情也越来越多。他的善行声名远扬，每个有孩子的人家都知道。孩子们十分爱戴他；爸爸妈妈们也十分尊敬他，因为在他们小的时候，圣诞老人就曾逗他们开心；就连上了年纪的爷爷奶奶们都怀着感激之情将他铭记在心，称颂他的圣名。

圣诞老人的帮手们

　　然而，在人类通向文明的道路上，出现了一件不好的事情，给圣诞老人惹了不少麻烦，圣诞老人后来才找到战胜它的方法。幸运的是，这是他经历的最后一次磨难。

　　有一年平安夜，克劳斯驾着驯鹿跳上了一座新建房屋的屋顶，他惊奇地发现这座屋子的烟囱比普通烟囱小很多。不过，他当时没有时间去考虑这件事，便深吸一口气，尽可能地缩小自己的身子，然后顺着烟囱往下滑。

　　"这会儿我应该滑到底端了。"他一边向下滑，一边想着；但是他连个壁炉的影子都没看到，不久之后，他到达了烟囱的底端，发现到地下室了。

"真奇怪！"他琢磨着，对于此次经历感到十分困惑。"如果没有壁炉，那这个烟囱究竟有什么用呢？"

之后，他又开始向上爬，这件事可不容易——空间可真狭窄啊。他在向上爬的时候，注意到烟囱边上粘着一根又细又圆的管子，可他猜不出这根管子是做什么用的。

最后，他爬回屋顶，对驯鹿说：

"我都用不着顺着这个烟囱下去，因为下面没有通向房屋的壁炉。恐怕住在这里的孩子今年圣诞节得不到玩具了。"

他继续向前赶路，不一会儿就来到了另一座砌有小烟囱的新房子上。圣诞老人怀疑地摇了摇头，但他还是试着钻进烟囱，然而，他发现这个烟囱和刚刚那个一模一样。此外，他差点儿卡在狭窄的烟囱管道里，而在他试着爬出去的时候，又扯破了自己的外套；那天晚上，他碰到好几个这样的烟囱，却再也没有冒险钻进去过。

"人们到底在想什么呢，要建这么没用的烟囱？"他大叫道，"这些年我和驯鹿环游世界，从没见过这样的玩意儿。"

这话不假；但是圣诞老人不知道，人类已经发明了火炉，并很快投入使用。发现这一点后，他搞不明白那些造房子的人怎么不为他考虑考虑呢，毕竟他们很清楚圣诞老人习惯从烟囱爬下去，再通过壁炉钻进屋子。也许建造这些房子的人已经到了不再喜爱玩具的年纪，于是无所谓圣诞老人会不会来看自己的孩子。不论怎么辩解，那些可怜的孩子只能悲伤难过、失望不已了。

第二年，圣诞老人发现没有连接壁炉的新式烟囱越来越多；第三年，这种烟囱的数量再次增加；第四年，窄烟囱的数量太庞大了，克劳斯都见不到孩子们，只好把没有送出去的玩具剩在雪橇上。

这个问题极为严重，给好心的克劳斯造成很大困扰，克劳斯决定同克特尔、皮特尔、努特尔和威斯克一同商讨此事。

克特尔对此事已有听闻，因为他本来就负责在圣诞节前跑遍各家各户，收集孩子们写给圣诞老人的便条和信件，上面写着他们希望圣诞老人在自己的袜子里或圣诞树上放置什么礼物。但是克特尔常常沉默寡言，几乎不谈论他在城镇、乡村的所见所闻。其他三位帮手则对烟囱的事情愤愤不平。

"那些人好像不希望自家的孩子快乐似的！"明事理的皮特尔恼火地说道，"怎么能想出把孩子们慷慨的朋友拒之门外的主意呢！"

"不管父母们有没有这种希望，我就是想让孩子们快乐。"圣诞老人回应道，"多年以前，我刚开始制作玩具，那时的孩子们得到的照料甚至比现在还少；所以我学着不去理睬那些粗心大意、自私自利的父母，只想着孩子们在童年的渴望就好。"

"你说得对，主人，"努特尔说道，"如果你不关心他们，努力让他们快乐，那么孩子们就少了一个朋友。"

"那么，"笑盈盈的威斯克说道，"我们必须放弃利用新式烟囱的想法，变成'入室大盗'，用其他方法闯进屋子。"

"什么方法？"圣诞老人问道。

"啊哈，什么墙壁都挡不住小精灵，不论是砖做的，木材做的，还是石膏做的。只要我心里想着穿墙而入，就能轻轻松松地穿过去，皮特尔、努特尔和克特尔都可以。对不对呀，伙伴们？"

"我去收信的时候，经常穿墙而入呢。"克特尔说道，这句话对他来说真算得上是长篇演讲了，因此皮特尔和努

特尔异常惊讶，又大又圆的眼珠子都快要瞪了出来。

"所以呢，"小精灵继续说道，"你下次旅行的时候，最好带上我们，当碰到有火炉而没有壁炉的房子，我们不用爬烟囱也能把玩具分发给孩子们。"

"我觉得这是个好主意，"圣诞老人回答道，他很高兴问题得以圆满解决。"我们明年就这么做试试。"

这么一来，在第二年的平安夜，小精灵威斯克、树仙克特尔、兽神克努克皮特尔和花仙努特尔就跟着主人驾着雪橇出发了；他们毫不费力地就走进新式房子里头，将玩具留给孩子们。

他们身手敏捷，不仅帮圣诞老人减轻了不少工作量，还让他比以往更快地完成了自己的工作，天还没亮呢，这群快活的伙伴就拉着空空的雪橇回家了。

此次旅行唯一美中不足的就是淘气的威斯克非要用长长的羽毛挠驯鹿痒痒，看它们跳跃的样子；圣诞老人发现自己必须时时刻刻紧盯住他，偶尔还得拧一拧他的长耳朵，让他注意自己的行为。

但是，总体来说，此次旅行大获成功，时至今日，这四个小伙伴仍旧陪伴圣诞老人度过每年一次的旅行，帮助他分发礼物。

而原本困扰圣诞老人多时的来自父母们的冷漠也没有持续多久，圣诞老人很快就发现，他们真的渴望自己能在平安夜造访，并为孩子们留下礼物。

实际上，圣诞老人的工作很快就变得越来越困难，为了减轻工作量，圣诞老人决定请父母们帮他的忙。

"准备好圣诞树，迎接我的到来，"他对有些父母说，"我会迅速留下礼物，你们等我走后再把它们挂到树上去。"

对另一些父母，他叮嘱说："务必把孩子们的长筒袜挂好等着我来，我眨眼间就能把它们装满。"

通常情况下，如果父母们和蔼可亲，圣诞老人就会把一大袋礼物甩在地上，把它们留给父母们，等到他驾着雪橇离开后，父母们就可以把礼物装进袜子里。

"我要让所有慈爱的父母成为我的帮手！"快乐的圣诞老人大声说道，"他们要帮我的忙。这样一来，我会省下大把珍贵的时间，也不会因为来不及拜访而忽略某些孩子了。"

除了带着大包礼物驾着雪橇飞快行驶，圣诞老人也开始把大量的玩具送到玩具商店，如果父母想给孩子更多礼

物，那他们去商店就可以轻轻松松买到；如果圣诞老人在一年一度的巡游中碰巧没能与某些孩子见面，那么孩子们就可以亲自去商店买到让自己心满意足的玩具。克劳斯这位孩子们的忠诚伙伴决定，只要力所能及，他就不会让任何一个孩子想要玩具的希望落空。而且，如果哪个孩子生病了，要有新玩具才会开心，玩具商店就会提供很大的便利；有时候，在孩子们生日当天，父母们会到玩具商店买来漂亮的礼物，为孩子庆祝。

现在，你也许明白了，在这么大的世界上，圣诞老人是怎样为所有的孩子提供精美的礼物了。当然，最近人们很少见到这位老先生，但我向你们保证，这并不是因为他不想被人们看到。圣诞老人还和以前一样，是孩子们的忠诚朋友，他过去常常和孩子们嬉闹玩耍；我知道他现在只要有时间，还是很乐意做同样的事情。你看，他一年到头都忙着制作玩具，只挑一晚带着包裹急急忙忙地拜访我们，他在我们中间来去匆匆，好似一道闪电，所以，我们几乎不可能看见他。

此外，尽管世上的孩子每年数以百万地增长，但我们从未听说过圣诞老人对此有所抱怨。

"孩子越多越快乐！"他大喊着，快乐地笑了。对他来说，唯一的不同之处是，他和帮手们已经很忙了，但还要加快速度，才能满足这么多孩子的需求。

"在这个世界上，没有什么能比快乐的孩子更美好。"善良的圣诞老人说道。只要他继续做下去，孩子们就都能变得美丽，变得幸福。

译后记一：炸鸡和啤酒

有一年的初雪落下时，我没有啤酒和炸鸡，而是在呼吸了新鲜空气后，立刻回到桌边，开始工作。套用朱自清先生的一句话："欢乐是他们的，我什么都没有。"回到阔别一年的家中，没有所谓的寒假，没有所谓的休息，只有来自毕业论文的无尽压力。

还好，还有圣诞老人的陪伴。

参与《圣诞老人奇遇记》试译是在寒假回家之前，当时在一家公司实习，却心有杂念，认为自己在假期不该闲下来，于是开始找各种事儿。这就是典型的摩羯座强迫人格。找的事儿必须属于短小精悍那种，这样才能保质保量。

这就是典型的摩羯座缜密心思。于是，就看准了圣诞老人的这本书，内容、体裁、字数都甚合我心，想着以后会有千千万万父母对着他们的娃儿读这本书，心中不免有些小激动。

于是，开始翻译，并一遍遍地修改自己的译稿。后来，得到通知，加入团队，领了译稿，开始工作！内容并不算多，为了使译稿更具有画面感，我常常自己扮演着故事中的人物，与自己对话。其中，如何把故事处理得有韵味、有童趣，是个大问题。虽然以前参与过其他文学翻译项目，但是翻译儿童文学作品还是头一遭，翻译之后再读自己的稿子，不免觉得有些地方还是过于一本正经。最要命的是自己明明觉得别扭，却无从改起，只能寄希望于互校，待高人指点。

有幸的是遇到了神一般的队友。在回到学校后，互校工作也开始了。这位队友是个很认真的人，自己拿不准的地方都会特别标记出来，不愧为江南女子，有着江南女子特殊的细腻。在互校过程中，我最大的收获是故事的风格和表达。相比队友轻松诙谐的语言，我的译文显得过于一本正经了，还好和她交流之后，做出了相应的修改和调整。

而最让我称赞的是队友对于儿歌的翻译，若换成是我，翻译效果也许会逊色很多吧。

经过反反复复的探讨、修改，译稿终成，就像是故事中圣诞老人制作的那些玩具一般，让人颇有成就感。想着我们在群里关于人名的刷屏，对于那些神明的称谓的确定，对于某个词的较真儿，对于询问孩子们的意见，我觉得这就是儿童文学译者的生活啊：我为人人，人人为我。

初雪已经过了近半年，炸鸡和啤酒我还是没有去吃，生活似乎一成不变：答辩、毕业、就业……一个个必选项错乱地摆在面前。还好，在这不变中有一个变，就是我们的书要上线了。希望读到这本书的读者都能感受圣诞老人带来的快乐，不单单期待平安夜，也期待每一个未知的明天。我与读者，同勉。

谢谢。

卓雅慧

译后记二：谢谢你，圣诞老人

生活总是需要那么一点童话，一点美好，一点想象，一点希望。

朋友的女儿念小学，前年圣诞的时候，她告诉我，女儿班里鲜有相信圣诞老人存在的同学，她的女儿也许是个例外。对于没有圣诞传统的我们而言，圣诞也许只是饱餐一顿、血拼一场的借口。圣诞老人不过是橱窗前招揽行人的伎俩，这个舶来的节日衍变成繁华街道的熙熙攘攘，是商人眼中不可错失的吸金良机。这些太现实太琐碎，太庸常太空洞，蚕食了原本应该充满圣诞节的天真期许，让不辞辛劳满世界送礼物的圣诞老人伤心不已。

那一年，我应朋友之请，仿照圣诞老人的口气给这个小姑娘写了一封信，信的内容已然遗忘，唯一记得的，是写信时想保留那份天真烂漫的心意。我在想，今年圣诞节的时候，也许我就能把这本小书送给那个还相信圣诞老人存在的小姑娘——有时候，相信了才会有奇迹。

这是本轻松有趣的童话书，故事从圣诞老人还是婴儿的时候开始，一直到他获得永生斗篷，永远为世上的孩子带去快乐才结束。故事里头有精灵和仙子，也有坏蛋和困难，但是整个故事满满的都是爱，不管什么时候阅读，心头都会泛起阵阵温暖，涌起点点感动。

翻译的过程并不困难，童话的语言本来就更为平实亲切，所以在翻译成中文的时候，也尽可能地考虑了作为主要阅读群体的儿童的语言习惯。这位曾经写过奥兹王国历险记系列的弗兰克·鲍姆凭想象完整勾勒了圣诞老人的来龙去脉，并且用自己的童心告诉所有读者，这世上的确有圣诞老人，也相信他现在一定在某个角落分发礼物。

翻译这本小书的时候，自己正在经历人生的低谷，有太多悬而未决和不如人意，只是每次面对那些轻快的文字和奇妙的想象，总会不自觉地开心起来，就好像经历了一夜寒冬之后，醒来看见枕边放着的礼物。

生活总是需要那么一点童话，一点美好，一点想象，一点希望。哦，对了，还有一位圣诞老人。

李墨